JN117293

Justa

Paul Goma

ジュスタ

パウル・ゴマ

住谷春也 訳

東欧の想像力 18

松籟社

ジュスタ

JUSTA

by

Paul GOMA

Translated from Romanian into Japanese by Haruya Sumiya

目次

訳者より

パウル・ゴマは特異な作家であり、特にこの特異な恋愛小説は、ノンフィクションとも言え、背景が分からないと面白くないと思われますので、巻末の解説に目を通しておかれることをおすすめします。

ジュスタ

1

「ほら、ジュスタだ！」

ほら。

駅のホームは一つの街路だ。街路あるいは橋だ。どの駅でもいいというわけじゃなく、どこでも同じというわけじゃなく、ここの、例えば、パリのアルマ橋駅のホーム。

橋の上からはあちこちの駅や街路がよく見える。中でもその一つ。パリのアルマ橋からは、それこそ一番よく、ブカレストの一つの交差点が目に映る。ある建築家とある作家が、ミンクとデラヴランチャが交差するところだ。[*1]

そこから、別の方向に、本物の・橋からの・眺め。完璧な夢・からの・眺め、昨夜の夢は続き物の夢の第四夜、亡命九年のあとの夢だ。夢、四冊の本の忠実な再現、オリジナルの秋はおよそ何年前のことだろう、十一年か、十三年か？　夢みていると分かっており、しかもその夢の中で起こること、見えること、聞こえることは、その昔、言うなれば十五年と一日前に起こらなかった出来事の忠実なコピーだと分かっている。それが分かるのは、日付ではなく中点のマークのため。天秤の腕の形をした時間の桁（けた）、横木、棹の上で正確な居場所はどこか。ほんとうは正確な点はある種の春のようなところに置かねばなるまい。そうして三年・四年・五年前か後のようなところに。けれども今は秋だから、秋にすべきだ、とりわけ桁の横木の棹の向こうの端では、やはり秋だったのだから。

その向こうの端で、窓ガラスに挟まれた虻（あぶ）がぶずぶず囁（ささや）いている――

「ほら、きみがそう名付けた正義（ジュスタ）の女よ！　彼女に違いない、ほら、向こう側の歩道をこっちへ向かってくる。真似しようのないあの歩き方を見て。さあどうだろう、こちらに気づくかしら？」

真似しようのない歩き方。こちらに気づいている、ぼくに気づいている、年月の経過にもかかわらず、今のこの顎髭（あごひげ）にもかかわらずだ。それは分かる。けれども、ぼくらの前で、向こう側の歩道で立ち止まるかどうか、それとも太陽を背にしてあの真似しようのない歩き方を続けるのかどうか、それは分からない。

「こちらを見なかった」と窓ガラスの間の虻がぶずぶず言う。「跳ね上がりのふりをしている、御目付役を、ジュスターリニストを演じていたあの頃のように。それとも恥ずかしいのかしら、肥ったことが、年を取ったことが。――あの変わりようを見た？」

皺の寄った真っ白な頰が見える。五十メートル先の停止信号で止まった。建築家通りがそこで交差するのは将軍通り、キセレフだ、文学学校のあった通り。立ち止まった、こちらの方を見る、左方から来そうな車の方を見る、ひょっとするとぼくの方を。こっち方向は赤だから、歩行者用は青ということだ、だが彼女はそこで立ち止まって動かない。夕日の赤い光の中に浮かぶ、その頰。ぽっつり白く、定まらない輪郭、でもそれは秋の日が焦がした菩提樹の紅葉をバックに強烈に浮き出している。

見ていられない。視線を引き取ってここに、アスファルトの上に、両方の靴先から等間隔の点に落とす。ぶんぶん、じいじいいう声が右の耳から左へ動き、目に入りそうで手のひらで防ぎ、よける。虻が片方の鼻翼にぶつかる。

「ほら、ジュスタよ、そう名付けたのはきみだったね！　ほら、女王トリアの、反動どもの恐怖トリアのなれの果てよ！　トリア＝ジュスタのなれの果て！　年を取って、萎れて、――あああ、あのころだって大したことはなかったのに、そもそもきみらは彼女をどう思っていたの、みんなして周りに群がって――それともたぶん怖くて？　あのジュスターリニズムが怖かったの？　見てよ、いまの有様。変わらないのは歩き方だけね、アヒルの歩き方、アヒル＝ジュスタ！」

「いい加減に黙れ！」とぼくは虻に言う。

あれに言う、あの時言った、秋の盛りのブカレストで、実際、声に出してあれに言った。雌虻だ。彼女も昔の学友だった。トリアの、ジュスタの、アヒルの、昔の親友なのだった。

ここでは、パリのアルマ橋の夢の中では、言わない、口を開くことができない。あたかも（逆の）代償夢。罰夢。それは今から、二……。二十何年……。三十年近く前の秋。

「ねえ、待って！　相談しましょう、アレンジしましょう……」

彼女は学部の玄関でぼくをつかまえた。誰かを待つようすが階段から見えたが、その相手が確かにぼくだとは分からなかった。ぼくの名を呼んで手を振ったときにははっきり分かったけれど、見ないふり、聞こえないふりをして、よけて、大股に、さっさと、先に通りへ出て、右へ曲がり、もう一度右へ、電車の停留所の方へ曲がった。途中でうまく振り切れたと思った――彼女の歩き方、あのアヒル歩きで、ぼくに追いつこうとして走れば転ぶだろう。うしろから呼ぶ声が聞こえていた、ぼくを呼んで、あえいでいた。そうして、彼女を走らせるなんて、ほかでもない彼女を、あの歩き方の彼女を走らせるなんて、おれはなんて下劣な豚なんだと思いながら急ぎ……。そうして思っていたのだ、**相談**、**アレンジ**なんてできない、許されない、ほかならぬ彼女と、ほかならぬジュスタと、ほかならぬあの時に。逃げようとぼくはさらに足を急がせたが、彼女はなお転ばずに、**相談**を、**アレンジ**を期待していた。――まだぼくをとんまと思っていたのだ。ジュスタの手にぼくが落ちるなどと、ほかならぬあの時に、一九五六年十一月一日[*2]に……。

赤で渡って、電車の安全地帯に上がった。電車は来ていない。待つ人々の中に紛れ込もうとした。だめだ。まっすぐぼくのところへ来て、かきのけて、ぼくを引き抜くのだ。コートの裾を引っ張り、ぼくの腕を両手でたぐり、揺さぶった。

「ねえ言って、何をするの？」

ぼくが待たなかったこと、走ったこと、彼女を走らせたことは口にもせず、咎(とが)めもせずに。

「聞いているの？　ねえ、私たちは何をするの？　何をするべきなの？」

「**ぼ・く・た・ち・が**？」ぼくはきょとんとして見回した、彼女が話しかけたはずの相手をさがすみたいに。

「私たちよ」と彼女は言った、まだあえぎながら。「私たちよ」と繰り返して、自分の胸をさし、それから掌をぼくの胸に当てた。「何をするの？」

「ぼくら二人が？」――吹き出したが、それからふっとまじめに、秘密めかして――「電車が来たらきみは前から乗れ、ぼくは後ろから……」

「だめ、そんなのだめ！」と遮(さえぎ)った。「そんなのくだらない、そんなの……。私見たわ、昨日、君たちがあの下司野郎にやったことをね、あいつが秘密警察(セクリターテ)なのかどうか、君たちにも確かには分からないのに……」

「連中が悪いのさ、ハンガリー事件以来、制服を着ないから、でもあの私服もやっぱり〝官給品〟だ、やっぱり制服さ……」

「ばかげてるわ、そんなのだめよ！　われわれ学生は真剣なことをしなくてはね、何かちゃんとしたことを、何か……。ただセクリターテふうに見えると言うだけで罪もないやつをリンチにかけるなんて、われわれ学生としてほめられた話ではないわ……」

「おい、トリア、無茶を言うなよ！」と彼女の肩をゆさぶった。「学生がリンチするなんて話、どこから引っ張り出したんだ？　君だって電車の中にいて、昨日、見たろ。あれは学生じゃなくて……」

「でも学生も始めた！　あの顎の張った尖(とんが)り帽子のやつが〝君らは学生だろ、ええ？　どうして始めないんだ、何かを、ハンガリーみたいに――君らが始めろ、それからあとは……おれたちに任せろ！〟と叫んでからだけど」

「でもあの大顎野郎は下司な挑発者だった、コートを脱がせてみれば、肩章が出たはずだぞ」

「だから言ったでしょう？　われわれが、学生が何かしなくてはならないのよ……」

「何かって、何を？」

「何か……。それを君に聞いていているのよ、なぜって君は……」

「ぼくが何だって？」

「君は知っているにちがいないから、君は今何をすべきか知っているのよ！　何を私たちはするの？」

「知っているって、ぼくがかああ？」ぼくは目を剝いた。「ぼくは何もしない――いや、するさ――**い**

ま、ぼくは学生食堂へ行くんだ。ほら、電車が来た、ぼくの前に出なよ、上がるのを手伝うから……ぼくはステップに乗る」

〝ステップ乗車〟をおよそ二十メートルで、別の学生に合図してステップの場所を代わり、それから動いている電車から飛び降りた。助かった。

ところがだ！　一時間後、やっぱり学生食堂へ行くと、トリアがぼくを待っていた——テーブルにぼくの席をとっていた……。

「電車はみんなあんなぐあいで大変よね、革命の時は……」とトリアは言った、ぼくが言い訳せずにすむように。「考える時間があったわね。そうして私に言う決心がついたのね……」

「……君を愛してるってか？　でもそんなことは三年前から君は知ってる」

「うそつき！　私を愛していたら告白したはずよ、恥ずかしい申し込みをしていたはず……」とけらけら笑った。

「どうして恥ずかしい？　愛し合おうときみに申し込むことのどこが恥ずかしい？　まちがいなく、男と女として」

こんな申し込みにトリアはたじろぐだろう、トリアは逃げ出すだろうと思って。

「誰かルームメイトはいるの？　今から行きます？」

「冗談だよ……」ぼくは一歩引いた。

「私はふざけてないわ。でも一つだけ条件がある。ベッドのある部屋を見つけること。公園のベンチや、窓の縁や、トイレの中は、もう、う、ん、ざ、り！」

「おみごと！　冗談だって言ったろ――何だよ、ぼくは知ってるさ、きみが……」

「……オールドミスだって言うの？　うそよ！　もしそうだとして、それが何よ、それがどうだって言うの……」

「……〝大義がそれを……〟」

「……〝求めるならば！〟」彼女は引用をしめくくった――自分で。

「いいえ、本気よ。あなたが何か考えていないはずはないわ――今は行動のことを、誠実な、相応しい行動のことを言っているの。私にも話してくれる？　連れて行ってくれる？」

「トリア、無茶だよ！　そんなことを触れ回れば、十五分でぼくをブタ箱に送りこめるよ――〈あなたが何か考えていないはずはない〉って何のことだ？　どうして〈はずはない〉んだ？」

「そうよ、だってあなたを知ったときからそうだもの、何かあるごとにあなたは黙っていなかった。一学年では……〈正しい戦争と不正な戦争〉のこと、フィンランド問題で。二学年では〈正当な質問と不当な質問〉、マルクス主義の話、割り当て問題、ベッサラビア問題について……」

「ああ、でもあれは幼稚な話、青二才の話だ、その証拠に何もシリアスなことはぼくに起こらなかったよ……」

「いいえ、シリアスなことだった、たしかよ、あのころ私はバリケードの反対側にいたけれど……。今は、でも……。こっち側に来たの、今は私たち二人は……」

「ぼくらは二人の……青二才だ、けれど今度は、青二才の話がシリアスにされてしまう恐れがある……。だからさ……ぼくらは二人じゃない。ぼくのほうは、ぼくは腰をおろしている、家に帰ろうとさえ思っている、両親のところへ、あそこで待とうと……」

「うそ！　なあに、家へ帰る？　なあに、あそこで待つ——恥ずかしくないの？　他の人が始めるのを待つなんて……恥ずかしくないの？」

「もちろん。恥ずかしいさ、でもね……。だからさ、恥ずかしながら、さよなら、恥ずかしながら自分の……」

「一緒に行くわ！」

「すまない、でもだめだ、ぼくが行くのは……。分かるかい、ぼくにもいるんだ……。ガールフレンドが、彼女がいる……」

「うそ！　うそ！　うそ！」

それはうそだった、だが……。トリアはぼくを放した、一人で行かせてくれた。

これは木曜日のことだった。一九五六年十一月一日。正確にストライキの前の木曜日（ストライキのことは、もちろん、彼女に一言もほのめかしもしなかった——計画を彼女に話そうかと、一度ならず心が動きはしたけれど、それも彼女を……共犯にするためというよりむしろ、彼女を慰めるため、そんなに目に見えるほど悩ませないためだが）。〈創作〉セミナーの正確に二週前の木曜日だった、そのセミナーでぼくは小説の断片を朗読した（そのこともちろん言わなかった、彼女がいると――つまり、彼女がいれば発言するに決まっているから――ぼくがねらった効果が壊れるだろうと恐れたのだが、実はトリアのようなもののいなかったことこそが効果を壊した……）。その朗読のためにぼくは三週後の木曜日、十一月二十二日に逮捕された……。

うそを言ったのは怖かったからだ。彼女が怖かった。知り合ったときから怖かった。

本当を言うと、まだ知り合ってもいなかった時、合格発表の掲示板の前で、こう訊ねられたのだ。「きみは……」そこで間をおいて、あごをしゃくった。「きみは青年労働者同盟員（ウテミスト）？」

ぎょっとした――、女性が、少女が、しかも美人が（同志質問者が美人だったら気をつけなくちゃ）ぼくに訊ねたのだ、急いでうなずいて、鞄をかきまわして同盟員手帳をさぐった。底の方で手に触ったが、しかしそれをノート類の間に深く押し込んだ。手帳はなぜそんなに新しいのかともしも訊ねられたら、なぜ加入がそんなにおそかったのか、まだやっと一年かそこらとは？　そんなにおそい裏には何があるの、もしかして何か身上調書（ドサール）に汚点があるんじゃない、どんなこと？　と追及されそうだ……。だから、手を（まさかの用心に）バッグに入れたままで、反撃に出た。ぼくの方から質問した（あの時期、一九五四年八月には、こういう質問はそう無鉄砲なことではなくなっていたけれど、それでも一種の自覚欠如が前提になる）。

「でもあなたは、何の資格で……？」そこでしっかり間をおいた。

その上、あごをしゃくって見せた。つまり、**このぼくに**質問するなよ、**ぼく**は怯えやしないぜと。つまり、結局のところ、**彼女は何者なのか**、つまり何の義務で、何の職責で、どんな資格で訊ねるのか、よし、事態を整理しよう、ぼくにも**資格**などないことを彼女は知るはずもない——質問者に返される質問はこう説明される——質問者は何の資格で訊ねるのか……？

だが質問者（つまり彼女）はたじろがなかった。タバコをすぱすぱ吸いながら、美人質問者は質問を続けるのだ、ぼくの反問を気にもかけずに。

「一体いつ加盟したの？」

固まった。鞄に手を入れたまま。手帳を守ろうと（あるいは手帳から逃げようと）試みて。逃げようはなかった。出して示すしかないか——そうすれば彼女は、ちらと見ただけで新品だと確認するだろう——〝なぜそんなにおそく？〟または出さずに、ここに持っていないというか、そうすれば——〝なんでまた？　でも同盟員なら赤い手帳を絶対に離さないわ！　ソビエトの青年共産同盟員（コムソモール）のゾーヤ・コスモデミヤンスカヤや、オレッグ・コシェヴォイや、ほかの大勢はね、なくすより死んだ方がましと……〟——なくしたなどと言えたものではない。〝なあにいい？　赤あい同盟いーん手帳をなくしたの?!!〟そこでどうする。出しても出さなくても、行き着くところは——同じではないが、大差はない。なぜなら、まず第一に、真実承認が必要になろう（いずれにしても、ただの真実は問題ではなく、罪の承認が問題なのだ）。もしこの罪があまり重大ではないと見なされたら、それなら（血で）自己批判をして、（荘厳なる）決意表明をしなくてはならないだろう。

こんな瞬間に、突然、パニックに代わって一種の酩酊のような乱れた平安の訪れを感じる。そうして、酔っぱらった時のように、笑いがこぼれ、目の前の道をまっすぐに大急ぎで笑いながら突っ走りたくなる、さあ転ぶんだ、終わりにしろと……

断罪の最初の嘲笑が聞こえ出したとき、他の志願者の一団が掲示板に寄って来て、ぼくを押しのけ、質問者から引き離したのだった。

嬉しさ半分あきらめ半分、ぼくは押しのけられるに任せ——それもわざと押させ、その〝効果〟を大げさに見せ——それから、その一団を盾にしてその場を外し、ついて来るように父親に合図して出口へ急いだ。

二人はその場を離れた。走ったり歩いたり、立ち止まって振り返り、また歩き出したり、阿呆のように笑いながら、まるで、やりかけて見とがめられ、なんとかごまかしおおせた二人のとんまな泥棒のように……。掲示板と質問者のいる〈文学学校〉から数百メートル離れたデラヴランチャ公園にたどり着いてから初めて、父親に一体なぜ笑ったか訳を話した。なぜ訳の分からぬまま父も笑う羽目になったのか説明してやった……。勇敢にあきらめたと見えるように努力して、締めくくった。

「お偉方の作家製造工場なんてうんざりさ！　文学部に入れてよかったよ、スターリンの口まねの**魂の**

技師なんてうんざりさ！」

　父は落ちついて、自分まで心配しないように静か過ぎるほど落ち着いて――

「うんざりするのは簡単だね……言うだけなら、ただし……。あの娘は、人民委員気取りは、知っていると思うか？」

「知っているかと言えば、ちゃんと知っている――ただぼくにＵＴＭ（生年労働者連盟）カードを見せろと言っただけだ……。すっかり全部知っているのかどうかは分からないよ、つまり父さんがシベリアに送られたことを、それから母さんも一九四九年に逮捕されたことを、うちのみんなのことを知っているのか、ぼくはロシア軍が国に入ったとき真っ先に森の中へ逃げて、それから〝帰国〟収容所に……」

「昔の話はいい。訊いているのは、お前が二年前にシビウで逮捕されたことを知っているのか、だ。だって、もし知っていれば、おまえはバイバイ……。この〈エミネスク文学研究所〉だけじゃなく、文学部からもバイバイだ、高等教育全体で党幹部会議は一つだけだろうからな。そうしてこれも、私が新聞のあの告示をお前に見せたからだが……」

　たしかに、――いけると〝感じた〟文学部ルーマニア語科の筆記の模擬試験のあとで――その告示をぼくに見せたのは父だった。でもぼくは「二兎を追ってどうする？」と言ってもよかった、さらにこう言ってもよかった、「文学部といわゆる〈ミハイ・エミネスク文学文芸批評研究所〉と、ほとんど同時の二つの試験にトライすることはできるだろうが、書類は、身上調書はどうしよう？」と。なおこう言うこともできた、「反動のぼくが、反動の息子のぼくが、社会主義リアリズム作家製造工場へなにをしに行くの？」と。だがぼくは告示を指さして言った。「まずいな……。明日、正午が申し込み締切り、つまり身分証明書の類と〈創作の調書〉の提出期限だよ。ほんとのところ、ぼくは何も出版していない、でもここに〈公表ずみのテキスト（あるいは）そうして原稿段階のテキスト〉とあるけど、この意味は……。」そこで父が口をはさんだ。「私も考えたよ、事務課に電話をした。その意味は、一行も出版していない者も応募できるということだ」それへぼくは「そう、でもぼくの書類は全部家にある……」すると父が「うん、でも汽車という発明もまんざら無駄じゃないな——私が十五分以内にでかければ七時の列車に乗れる。十一時にルーペア駅、一時に家に着く。書類を持って、朝の四時に家を出て、六時の列車に乗り、十時にブカレストへ戻る。明日、おまえがすることはない、駅で私を待て、そこからまっすぐやつらのところへ行こう、必要書類持参で」

変わってるなあ、パパは。ここ一年間、ちびちびと小銭を蓄えた。それはぼくに入試を「文明化した環境で」受けさせるため、つまり、名前は覚えていなかったがエリサベタ大通りのチシュミジウ公園近くの「ビヤホール・ガンブリヌスの上」にあると知っていたホテルに一緒に泊まるためだ……。ぼくらはそうした。そして今度は、例の告示を見て、宿泊を延長しよう（少なくとも一週間）という、おまけに往復の間に列車で一晩過ごし、その上、村までの行き帰りに四時間歩こうという。何のために……。

何のために？　ぼくが「届く、行き着く」ためにだね、でもどこへ？　駅まで父を送る電車の中で、そう訊ねた。半分ひとりごとのように、「そうして生活は創作とどう両立するのだろう?」すると父さんが答えた。

「連中の工場では…… かりに一方から入れる原料が分かっていても、向こうから、製品として、何が出てくるかは決して分からない——私はシベリアで彼らのロシアの工場のことでそう聞いたことがある。ここでもソビエト・モデルの工場の機能はそうなるよ……」

ぼくは自分の頭をかすめたことも言ってみたかった。かりに〝作家製造工場〟に入ったとしても、出るとき、偉大なるスターリンの言ったとおりの〝人間の魂の技師〟になっているとは限らない。結局のところ、その工場が、入れるときの予定通りのものを生産するとは限らない……。だが父さんは——

「試して死ぬわけじゃない、私たちも試そう。さあやってみよう、ほとんど同時の二つの試験を受ける力があるかどうか——〈エミネスク〉では一次試験の始まりが文学部の二次試験のあとで、なおほかの試験が重なるかもしれない——受けるだけじゃなくて、突破する力が私たちにはあるかな?」

スポーツの分野なら、**経歴**との関係は問題にならない——父の、母の、ぼくの経歴、移送者の、難民の、逮捕者の、転勤者(教師だった両親は最近十年間に二十校近く転々とし、一度ならず夫婦別別の村になった)の経歴、放校者(ぼくだ、高校から——一度ならず)の経歴、新……加盟者の経歴も問題だろう。掲示板の前で質問者は同盟員かと言った(このぼくは、逮捕され、有罪にはならなかったものの、シビウの高校を除名され、一年ロスして、ファガラシュの高校に〝もぐり込み〟、そこでは、知られていなかったから、UTM加盟を提案されて……、加盟した）。それに**作品**もなしで（〝工場〟の向こう側——**驚異の製品**が出ていくところ——まではまだ距離があり、まだ時間があり、とりわけまだ試験があった）。

文学部はもう入った、今朝最終結果が出ていた。〈エミネスク〉はすでに二回の足切り試験をパスしていて、今日出た三次の結果は——掲示板のリストに見る限りうまく行った。だが成功の喜びは、あの「女性委員」の出現とその質問で、影がさしただけではなく、恐れへ裏返しにされてしまった……。

「おまえはここにいなさい、私が挨拶してくる」と父さんが言った。

限りなく長い三十分の後に父は戻って来た。満面の笑みを浮かべて。二人はホテルへ向かって歩いた。

「何も危険はない——さしあたりは」と父さんが言った。「あの娘は、いまに学級委員になるとしても——その素質十分だなあ——今のところはあの娘もただの志願者だ。掲示板を見張っているのは、ただだれかと話したいからだが、それを始めるのに学級委員流の質問しかできないのさ——だれにでも同盟員かと訊ねる。ところが、なにか返事をすると、どんな返事でも、自分の経歴を話し始める……。私にも同盟員かと訊ねたよ、でも白髪に気がつくと、党員かと訊ねた。私は私にそんなこと質問をするとはと怒ったふりをした、つまり、いいか、いまだかつて私にそんな……。だが、イエスともノーとも言わずに。いや、あれはお前の言うような幹部じゃなくて、ただのジュスターリニスト、まじめなスターリン主義者だ……。かわいそうに、若くて、きれいで、ばかには全然見えない、けれども彼女にはなにかある……。私に党員かと質問したのだが、詮索といえば私の方が彼女を詮索したのさ。出身はオラデアのほう。つまり、オラデア市だ、だが最近数年の高校は学寮だった。いや、学寮じゃない、彼女は寮ではなく一種の〝地域施設〟だと言っていた、ということは孤児院か、あるいは活動家の寄宿舎だな——彼女の質問はそのせいだろう……。去年二年制の文学学校に入った、だがそれが閉校になるので、一年は棒に振っても五年制の研究所に入りたくなったのだ。おまえと同級になるだろう、もしも……。というのは彼女に聞いて分かったのだが、まずいことが一つある。文学学校を一年やったもののうち十人ほどが研究所の入試に出願した。いいかい、その十人はえり抜きなばかりか、おまえたちよりも勉強を積んでいるし、教授たちは彼らを知っている。定員は全部で十五人だから、おまえたち三次試験まで通った数百人が実際は五つの席を争うわけだ。むずかしいぞ、むずかしい……」

むずかしい——でもぼくはほっとした。では、身上調書(ドサール)の問題ではなかったのだ——さしあたりは。定員五名という問題はあるが、その一つを取れなければ、まあいいさ、文学部へ行く……。

それでも、ぼくは〈作家工場〉に（も）及第した。おそらく、定員合計十五人ではなく二十五人だったからか。おそらく、廃止予定の文学学校生のうち新しい研究所を志願したのが（十人でなく）五人だけだったからか。

そうして、さあ、幹部女性とクラスメートになった。女性委員だ。ジュスタ—リニストだ。

「きみは……。きみは同盟員？　いつ加盟したの？」入学式でぼくに話しかけてきた。それはちょうどペトレ・ヨシフ所長が作法通りに腰をかがめて「サドヴェアヌ大先生、われらが社会主義リアリズム文学に聳える巨峰」に祝辞を求めた時だった。

ぼくはジュスタに、偶然（？）のように隣に座った彼女に、返事をしなかった。それだけでなく、口元に指を当てて、眉で演壇の方を指した。壇上では黒い大型蝶ネクタイの巨峰が——（ラジオで）聞き慣れたあの声で、これからぼくらを待っている〝見習い修業の歳月における〟成功を望んでいた。

「でたらめ！」とジュスタがかなり大きな声で言った。「苦行の歳月よ、修業じゃないわ！　キミの意見は？」とぼくを振り向く。

ぼくには何の意見もない、その代わりに願いが一つ——ジュスタのそばから離れること、聞こえたということが**聞こえない**ように……。だが彼女は察して、席を離れないように肘をつかんだ。たばこを吹かし（これは挑発だ。巨峰の前でどうして吸うのだ？）、絶えずぼくの脇を小突き、絶えず振り向いてぼくの耳元へ、とは言え結構大きな声で、話しかける。

「でたらめよ！　旅の道連れですって、お決まりの！　うその天才！　複写機ね……おんなじことを！　だれをばか扱いする気なのよ？　私はご免よ、絶対に！　あの黴の生えた〝助言〟を苦労してまた引っ張りだしているがいいわ！　去年の詩もどきを知ってるわ、おんなじ、おんなじ調子。コヴァチは——と前列の汗ばんだ若禿げの男を指して——五〇年の学校第一期からの彼の挨拶を知っているのよ。さあ数えましょう、〝光りは東方から来る〟と十七回おっしゃるかどうか……」

挑発にもほどがある！　大先生の〝光りは東方から来る〟を、**その御方**のいるところで、聞こえかねない声で数えるなんて！　ジュスタは挑発屋だ。今でこそ彼女の隣から離れることができないが、この先金輪際（こんりんざい）十メートル以内には近寄らないぞ。彼女を避けなくてはならない、口をつぐまなくてはならない――そうして、もちろん、耳をふさがなくては、なぜならば、まちがいなく、ぼくは、聞いたのに暴露しなかったと告発されるだろうから。ジュスタを避けなくてはならない、桑原桑原！

2

「ほら、ジュスタだ！」とぼくを引き止めるお節介。「分かる、あの変わり具合？」

ひどく白い頬に気がつく、だが声をかけるには、呼び止めるには、もうおそい。それに、その気にもならない。それに、もう何一つできないことがうれしい——たとえ、満足の理由はすぐには見つからず、考え出しもしないにしても——おそらく彼女はぼくらの方を見もしなかった、おそらく**ぼく**と認めもしなかった。こんなに長い歳月、こんなに……

いや、認めたのだ。チョークのような頬と燃えるような赤銅色の菩提樹の葉との間を、あの時のためらいが走る。向かい側の歩道にいたぼくらの真向かいに来た瞬間のためらい。その時彼女は太陽を背にしていて、顔色は読み取れなかった、そもそも、ぼくが見ていたのは顔ではなく、脚だった、歩みだった。そうしてその（真似ようのない）歩き方がほんの何分の一秒かぎくしゃくとためらった。一瞬のシンコペーションにぼくがようやく気づいた時には、すでに彼女は行ってしまった。遠く、遠く、橋の向こうへ、停留所へ。平らな、石膏(せっこう)の板のような、型取り前の仮面のような白い頬が、おそらくこちらへ向けられていた、ちょうど焼け付く太陽光線を反射するパネルのように。

「こちらを見なかったね」とお節介が引き止める。「変わった、ずいぶんと変わった」

分かっていた。そう聞くまでもなかった。停留所で立ち止まった頬の白さが眩(まぶ)しく、まさにそれが理由で、こちらの歩道から迎えに出てはならないと自分に言いきかせた。ぼくはこの口実にしがみついて、いいわけを続ける材料にした。今度は自分だけの声で。

「見ようとしなかった」

彼女が・見ようとしなかった・のかどうか、確信は全然ない。繰り返す夢の中で、真似ごとの目覚めの中で、あのときを、あそこを、正確な時刻を真似ていた。そうしてぼくが覚えていない服を着ていたのか、ましてやまだ白くない頬だったのか、確信はない。しかし、まだ型取り前の、まだ目のない、まだ口のない石膏のマスクは、たぶんぼくが自分を守る風よけとして与えたのだ、あてがったのだ、あそこにはめ込んだのだ。猿ぐつわみたいに取り付けたのだ。

なぜかと言うと、隠す必要があるのは彼女ではなくぼくのほうだったから。ぼくは――すでに――罪を背負っていた。記録されない彼女の通過、二人の視線の間に据えた石膏の盾。これはみんな、ぼくが見たくなかったという証拠だ。もし彼女が本当に、あの歩き方で、こちらの歩道を歩いてきたら、そしてもし彼女が立ち止まっていたら、ぼくは視線を上げないわけに行かなかったはずだ。そうして、彼女を見れば、修復を試みざるを得ず……。そうしていたら、たとえ、仮にあの時のお節介が間を取り持ったとしても、たとえ、仮に彼女かぼくかが三角形の三番目の角を無視したとしても、たとえ、仮にぼくが自分の罪だけを話し始めたとしても、おそらくぼくはこれほど後ろめたくは感じなかったろう。たとえ彼女が正面切ってぼくを責めたとしても、そうして、ぼくのしどろもどろの弁解も待たずに去ったとしても。抗いようも退けようもない断罪。だがぼくは彼女が通り過ぎるまま、去るままにした。彼女のためらいのアピールに答えなかった、歩道のストップに先回りして呼びかけ、修復しようとしなかった。

もちろん、やはり気をそらすために、お節介屋の正体について思い巡らす。あれはだれだった？ 作家かな？――多分そうだ、だって、そこが作家同盟本部の近くだったから。作家というと、〈エミネスク学校〉の昔の級友か？ 男性か女性か？――どちらかと言えば女性だったろうな、「変わり具合」をえらく気にしていたから。それとも級友というわけではなくて、ぼくらの両方を知っているというだけじゃなくて、若干の細かいことを、一九五六年十一月のあの第三木曜以後の彼女の……足取りのことを覚えているだれかか？ 分からない、もう分からない、そうして夢にはまとまりがない。それでも、それにしても――だれと出会ったのかなあ――確かに偶然ではあったが――ミンク通りとデラヴランチャ通りの角で？ 偶然さ、なぜならば、ぼくは作家たちの〝界隈〟に用はなかった、もう用がなくなっていた。母を見舞ったのが、ちょうどデラヴランチャ通りにある病院だ。そうして、もちろん、反対方向へ、フィラントロピア広場の方へ向かい、そこから家の方へ行く電車に乗るつもりだった。その角で、作家同盟から来るだれかに出会った。それともこれから作家同盟へ行くところだったのか、どちらでも似たようなことで、その界隈は、そいつには自分の家のようなものだ。重要なのは、作家同盟に出入りしているそいつがだれだったのかを思い出すことだろう。ぼくを見かけて避けもせず、向こう側の歩道へ移りもせず、歩きながらぼくに挨拶しがてら、別の人間の、しかもぼくの反対側の人間の歩き方に目をつけた勇敢なやつ、もしくは無神経なやつはだれだったろう？　ぼくという除名者とおしゃべりしようと足を止めた彼（あるいは彼女）はだれだったろう、しかもその場所たるや、同盟から数百メートル、その界隈、絶えずギルド仲間が通るところ、その連中は、もしその彼・彼女を見かければ、彼・彼女がギルドから（そうして生活から）の除籍者と〝結託した〟——おまけに人目もはばからずに——と直接密告はしないまでも、然るべき筋へ伝わるようにべらべらしゃべることだろうに？　ぼくの立場を知らないようなやつか？　地方から来たので知らない？　考えにくい、ぼくのケースはずっと前から徹底的に……知れ渡っていた（セクリターテの連中はぼくの小説原稿をコピーして各県に三部ずつ配り、地方の文化関係組織のメンバーに、読んで批判を文書で表明することを義務づけたのではなかったか？）。だれだったにせよ、男にせよ女にせよ、級友にせよ他人にせよ、そのとき彼（彼女）は、トリア＝ジュスタに後ろめたさを感じていたのだと、今、ぼくは感じる。そうでなければ、どうしてトリアのことをあれほど得々と悪意たっぷりに語るものか？　彼女のグループの一人かな？　それはぼくに分かりようがない、今でも彼女のグループにだれだれがいたか知らないのだから。トリアの逮捕・処罰がグループの一員としてなのかそれとも個人としてか、それさえもぼくは知らない。だがもしも、トリアがぼくを見ない振りをする逡巡と決断の理由は、当時何をやったか思い出したくもないある人物が、それはグループにせよそうでなかったにせよ、丁度ぼくのそばに、ぼくと一緒に、いるからなのだったら？

またもし、話が別なら――お節介屋の存在（と意味）を無視して、もし〝対話〟が、ぼくら二人だけ、トリアとぼくの間だけで進んだならどうだったか。ぼくは、自分がギルドからの排斥には慣れきっていたから本能的にジュスタを遠ざけたのか、不愉快な目に遭わせないように？　しかしあのとき、一九五六年十一月にも、やはり彼女を遠ざけていたが、その結果はどうだったか？　監獄で、彼女のことを思うとき、一種の裏返しの感謝の気持ちで考えていた。ぼくは、年齢にも沸き返る〝革命〟の眩惑にも抵抗し切った、だれ一人――トリア＝ジュスタをも――監獄へ〝引っ張り込み〟はしなかった、と心中誇りにしていたのだ。だが出所して、軟禁指定地のバラガンへ向かう列車の中で、母が（シギショアラからブラショーヴまでの間だけという条件で乗車許可が出た）大急ぎでいろいろ話した中で、トリアも逮捕された（「お前のすぐあとで、そう、ひと月か二月あとで」）と言い、ぼくは言葉を失った。しびれた。例えば「理由は？」とか「刑期は？」とかのお決まりの質問さえ出せなかった。彼女が何をしたにしろ、どれほどの刑にしろ、彼女の〝歩み〟はまぎれもなくぼくのせいだと感じていたのだ。

「ほら、ジュスタだ！」

ほら——でも彼女が同盟本部**の方へ**何をしに行くのか、そっちへ向かっているが？　その後、資格を回復したのかな？　多分……。ディアナから（彼女もトリアに釈放後再会してはいないが）聞いたところでは、トリアは年配の〝少数民族の作家〟と結婚して、クルージュに落ちついた……。いや、ティミショアラかも？　ディアナも確かではなく、その〝少数民族〟というのがハンガリー人か、ドイツ人か、セルビア人かも知らなかったが。とにかく地方に住み着いて、そこの雑誌類に匿名で書評を寄稿していたという。

「見ろ、素敵だ……」とガフィッツァがほざく。もとわれらが〈詩人工場〉の〝芸術の極意〟担当の教授だった。今は出版社の編集長をしている。「きみのフィアンセだ……」

「どのフィアンセ?!」ぼくはとっさに怒鳴る、それはガフィッツァが、ぼくの声（ぼくは自分の本とその意義についていつも大声上げて言い募っていた）をひそめさせようとするときのいつもの流儀で、ガフィッツァ流の悪ふざけで話を逸らすからだけではない。

「全くだ。どのフィアンセか？　きみにはたくさんいたからな……」ガフィッツァは関係ない方面にぼくを引っ張り込もうとする。「私の言うのはだな……だれのことかきみには分かっているねえ……。今はルクサンドラ・イリエシュというペンネームを使っている。その署名のある記事を何か読んだか？」

「いいや！」とぼくは叫ぶ。「それが素敵なのですか？　ぼくが読まなかったことがですか？」

「それもこれもだな」と笑う。ご機嫌だな、ガフィッツァは。うまく話題をぼくの本からそらしてご機嫌だ。「つまりきみは最近の彼女のものを読まなかったのだね……。たしかきみが彼女に〈正義の女（ジュスタ）〉とあだ名をつけたのだったな……」

「ジュスタ？」（と生唾をのみこむ）。「で、どこが・ス・テ・キなのです？」

　ガフィッツァは手をもみ、間をおいて答える。

「この間彼女に会ったよ、ここで……（と指さして）、原稿を持って来た、そらあの通り……（と、手でデスクの上をさす）。五百ページ、たぶん六百ページになるなあ――なんと悲しい、同志よ、なんと悲しいことよ（そうしてガフィッツァは悄然として見せた）、この手のパンセは、思索は、もう時代にコミットしないのさ。やれやれ……」（そうして手を上げてその〝時代〟が今は遠い、遙かに遠いことを示した）。

　そうして笑う。ごきげんだ、ガフィッツァめ。ごきげんだ、これでぼくの原稿擁護の大演説をうまく封じ込めたから。ごきげんだ、ガフィッツァ流に話をそらし、ぼくをもそらした。しかもどこへそらしたか、ほかならぬぼくの〝フィアンセ〟たるジュスタの原稿へ――一石二鳥か、ガフィッツァのロバめ、こそ泥め、狡いやつ！　食わせものめ！

　ぼくはよろめいた、しかし倒されはしなかった。彼は今日も、前にも何度もやっているように、ぼくに自分の本のことを〝忘れ〟させたがっているのだ。結構、それならジュスタの本の話に移ろうではないか。ぼくはさらに声を高くして叫んでやる、出版社じゅうに聞こえるように――ましてや、彼がぼくの遠慮をいいことに、廊下へのドアを開けて置いたから、なお都合がいい。彼は、他人の耳へ聞こえればぼくが怖じ気づくだろうからと、声を落とさせようと、それこそ囁き声にさせようと――いっそ黙ればいいというつもりで、ドアを開け放しにしたのだが……。

「ス・テ・キっていうのはこの話ですか?」とぼくは吠える。「〝そらあの通り〟の原稿を出したこと? 〝五百ページ、たぶん六百ページ〟の? 〝もう時代にコミットしないパンセで、やれやれ……〟同・志・ガフィッツァ教授がぼくらの口に、鼻に、頭に、そのパンセを詰め込んでいた時代、そうして、もしぼくらが、〝明日の出番〟が、それに唾を吐いたり、よけようとそっぽを向いたりするだけで、同・志・ガフィッツァ教授はセクリタートを呼ぶために一番手近の電話へ飛んで行った時代のパンセのことですか?!」

ぼくはガフィッツァが直立不動になったのにはっとして、口をつぐんだ。どうしてぼくにこんなことまで言わせたのか? あの口元とまぶたのぴくぴくを見ろ――彼のまばたきを……。彼の、この哀れなやつのことが哀れになる。一九五六年十一月十五日のあの木曜日に、彼の最低な〝芸術の極意〟のゼミナールで、ぼくが自分の小説原稿の一節を朗読したあとで、ぼくをセクリタートに告発して哀れな目に遭わせようとしたやつ――もしぼくがそうなることを自分で願い、欲し、全力を尽くしていたのでなければ、ぼくを哀れな目に遭わせていたはずのやつが哀れだ……。ぼくはトーンを一つ下げる。

「ス・テ・キっていうのはこれでしたか？　今どき、ガフィッツァ・教・授・の処方箋通りに〝思索を犯している〟ことですか？　教授は女性筆者のことを〝最高に堅固な希望の星〟と——いいですか、〝社会主義文芸批評の堅固な希望の星〟ですよ、そうはっきり書いていましたね！　ぼくの引用は正確だと思いますが？」

「結局、それが人生だ」とガフィッツァはなお薄笑いで身をかわそうとする。「実現されない希望もあるさ」

「でも一体、それが人生ならば、なぜ特定の希望だけが——それがいくら〝堅固〟でも——実現しないのです？　もしかしてそれらの希望は、たまたま刑務所入りになったから……」

「やめろ！」ガフィッツァが遮った。「頼むよ、もっと静かああに、なあ……」そうして実際手を合わせて、目を天井へむけてしばたたきながらぼくに頼むのだ。「頼むよ、聞こえる……」

「聞こえないわけがない、あなたはそのために廊下側のドアを開けたのでしょう？　聞こえるように！　マイクだけじゃなく生き証人もいるように！　こうすれば、同・志・ガフィッツァ教授よ、〝以前の〟希望は、どんなに堅固だったとしても、拘禁中に受けた取り扱いのせいで実現されないと、あなたが確信しているということが聞こえるように……」

「なんだってえ？」ガフィッツァは椅子から飛び上がり、窓際へ避難する（今は彼とぼくの間隔が少なくとも三倍に開いたにもかかわらず、酸っぱく辛い恐怖の汗の臭いがする。臆病者の汗は糞尿の香り、ガフィッツァの汗）。「そんなことは言わなかったぞ！」

　そんなことは言わなかった。しかし、ほかのそんなようなことを〝あのとき〟どれほど言って、それを〝今〟は澄まして反対側にひっくり返していることか？　ある詩人は、**解釈可能な**一つの詩句のために、逮捕され、鉄の棒で叩かれ、椅子の脚で頭を殴られ（「頭だ、インテレの頭！　てえこく主義の客観的同盟者の頭！」）、審問中に殺されたかも知れず、あるいは餓えで、手当なしで、〝運河〟のオールで力尽きて、くたばるまで放って置かれたのかもしれなかった。ところで〝今〟は……名誉回復され、念入りにセレクトした小冊子が公刊されるだろう、この二十年間その詩人がなにも発表しなかった理由の説明は抜きで。ところで、もしたまたま没年が出ていても、場所と状況については一言もなく、その代わり、今日の〝序文筆者〟が別の詩句を**解釈して**、詩人を〝新しい時代の先駆者〟と称え、その同じ筆者が〝以前は〟逆の意味に**解釈した**ことは忘れ去っているわけだ。――芸術の極意――本当のところ、このガフィッツァはあの当時もうんこたれ（〝今〟も同様）だった。彼はキシネフスキとモラルのような文盲連中の、（ノヴィコフ政治委員のような）愚鈍な狂信者の、ないしは（あのアルゲージを罵倒して自分の父親を〝現代の古典〟の座に据えたあのソリン・トマのような）欲得ずくの、ある種の屈折した有毒連中（体の傷害は魂に触らないと言ったのはだれだ？）の、それから〝ちびのベニウック〟の、少しあとではパウル・ジョルジェスクと名乗る〝びっこの悪魔〟の指示を実行しただけだ。それはむろんジダーノフ[*3]からの指示で、それにジダーノフ配下でソビエト軍の戦車でやってきたラウトゥとロレルとペラヒムとソコルとグリアンその他のような文盲推進者の連中が〝現地化〟した指示だった。本当のところ、当時、ガフィッツァはただのうんこたれだったが――しかし彼は〝客観的に〟書いていた、彼は〝教授〟だった、われわれに毒を入れ、監視し、密告した。本当のところ、現在でもうんこたれのカテゴリーから出ていない。指示は、ジダーノフ流の神、別名ドミトル・ポペスクから、ヴァシレ・ニコレスクから、イオン・ブラッドから、ギッシェから、バランから（これはみんな前任者たちのように戦車で来たのではなくルーマニアの地で生まれ育ったのだが）来る。だが、それを適用するのは出版社の編集長としての彼、つまり基礎的検閲者としての、検閲を受けるものに自己規制を強いる検閲者としての彼だ。ガフィッツァは昔も今も一匹のウナギだ、かれを本当につかまえるのは、追い詰めるのは無理だ。ぬるぬるにょろにょろ、指の間を、言葉の間をすり抜ける。ガフィッツァは今までぼくが会った中で一番勇敢な……怖がりだ。恐怖にどっぷりつかってへばっている正直な怖がりだ。鉄槌と鉄床にあんまり近寄らないような、できれば全然触れないような別の場所、別の仕事も探せばあるだろう。彼は、違う。昔も今も（中央検閲の）「権力」の鉄槌と自分が検閲する作家連中という鉄床との間に〝位置を決めて〟そのままにしている。そうして作家連中を検閲し、彼らが自分で、汗かきながら、震えながら――恐怖で悪臭を漂わせながら、自己規制する状況に誘い込む。奇妙なのは、本物の、偉大ですらある作家たちが彼と安定した関係を、友好関係を、〝夫人同伴で訪問する〟関係を持っていることだ。言うなればペトロヴェアヌとヴェロニカ・ポルンバクは——まあクロフマルニチェアヌも同じだが——あらゆる川で泳いだ。言うなればバコンスキは社会主義リアリズムから（輝かしくも）**抜け出た**とはいえ、デビュー当時のレッテルをまだ引きずり、これから先も引きずるだろう（詞華集を飾る詩句——「そうしてなお一日過ぎそうしてなお一夜過ぎ／そうして階級闘争は激化し、／そうして富農層はさらに明らかに／ますます敵性要素を現わし……」）。——だがプレダはどうだ？　偉大なマリン・プレダは？　農民プレダと臆病猫ガフィッツァとの間にどんな類縁関係があるか？　サド・マゾ関係なのか？　それともおそらくプレダは、クロフマルニチェアヌのユダヤ導師ふう禅問答に、ガフィッツァの検閲者らしい示唆に、小説の材料として使い道があることを見抜いたか、それは時代内作家が真の文学**をも**作るための道であり手段なのか？——確かに、ときどき、『アナ・ラシュクレッツ』のような中編や、とりわけ集団化賛美の小説『進展』を書いたのは、それによって、『モロメテ一族』のような本の出版の権利を買い取ったということか？　それはプレダの勝手だ、バコンスキの勝手だ、彼らは大作家だし、ぼくはまだデビューも果たしていない。彼らはトンデモ本で支払いをして、いい本も出した。彼らはガフィッツァなんぞには助言を言わせておくだけでよかった——ガフィッツァは彼らの〝芸術の極意の教授〟ではなかった、ガフィッツァは彼らをセクリターテに告発しなかった、彼らには監獄も軟禁もなかった。彼らは拘禁よりもっと厳しい、あの釈放後の〝自由〟がどんなものか知らない。こちらは呪われている、どんな〝政治上の変革〟があろうとこちら、もと囚人は、〝新しい状況のもとで〟新しい出版社に出頭すると、同じガフィッツァに出くわす、以前にお前を監獄送りにし、今お前を検閲するあの不可避のガフィッツァ——もちろん、検閲機関の存在も検閲の実施も否定しながら、〝ここやあそこ〟を修正するように〝友好的にアドバイス〟して——しかし……　〝それよりも、親愛なる同志よ、**何かちがうもの**を書きたまえ！〟。そうして、合間にちょろっと脇道からトカゲをはいこませる——ぼくにはトリアについて……。だがトリアにはぼくのことを何と言うだろう？　〝ごらん、すてきだ〟と話をそらすだろう、彼女の原稿についての〝討論〟の最中に。「先だってここへ来たよきみのフィアンセが、まあ何と言うか、長篇小説を一つ持ってね、ほら……悲しいことに、この種の〝長・篇・小・説〟はいまどきもう書かれない……やれやれ……」と。それへトリアがどんな反応をするか、それは問題じゃない——ぼくはトリアじゃない。だからぼくは言う——できるだけ強く、だが怒鳴るのではなく。

「刑務所で受刑者が虐待されていることは秘密でも何でもない——そうして、もしあなたにとっては秘密だったとしても、もうそうではなくなった、ぼくの小説を読んでから後は……」

「しっ！　まあまあ……。頼むから」ガフィッツァはまた腰をおろす、落ち着きなく、相変わらず怯えを発散させながら、だがおそらく椅子が守ってくれると望みをかけて……。

「ぼくからも頼みますよ、発言撤回を！　なんのことです、〝ス・テ・キ〟って？　なんのことです、〝パンセ〟って？」

「いいとも、撤回するよ、でも……」

「ぼくは知っています、あなたは撤回に慣れている。ほかにもたくさんのことを撤回した、それどころか進めるよりずっとたくさん撤回した……」

「何を言いたい、時代は変わる……。でも、とにかく、私はここにいる！　ここに！」と、立ち上がって、その椅子を指しながら離れた。「残念だが行かなくては、ビューローに呼ばれていてね……」

そうして消える。兎みたいに逃げる。分かっている、もうつかまえられない――今日だけではなく、明日も明後日も。そうしてあのガフィッツァの犬畜生はぼくをごまかした――ぼくの原稿を話題から外すために、別の話へもって行き、そうしてそこから、自分は避難所へ逃げ込んだ（この前のその前の時は、昔の習慣に従って女性トイレに隠れたのだ）。もう、ぼくとしては帽子を被って出て行くしかない。そうして、出がけに、半開きの、というよりも開いたドアの右側を通って、もっと〝勇気のある〟編集者たちからの満足の微笑、ウインク（ぼくがガフィッツァにそうしたから）を、いやできれば二言三言を記録して行こう。勇気ある編集者――ああ、たとえばヨアナはぼくと腕を組んで廊下を十歩ほどついて来るだろう、だが口は利くまい。ああ、たとえばニネッタは、ぼくの腕は取らなくても、大きな声で「とてもよかったわ！　踏みつけられるままにはしておかなかったわね」と言うだろう。――だが、もし彼女らの誰かに本の担当者という、ええと、保護の翼の下にぼくをおいてくれと申し出る過ちをまた繰り返したら、返事は同じことだろう。「あなたはガフィッツァの直接担当にされたの、あなたは一つの事件なの、私たちは事件を扱いません、原稿を扱うだけよ……」

ニネッタ……。初めの学生時代は名前も知らず、ぼくも他の学生同様、「あのＵＴＭ委員の友達」と呼んでいた。ＵＴＭ委員とはルーマニア語科からわれわれ〈エミネスク文学研究所〉に移ってきたタマラ・ドブロヴォルスキという女性のことだ。ＵＴＭの大学委員会のメンバーだから、ぼくらの間には友達が作れず、タマラはルーマニア語科時代の級友ニネッタとだけ〝ぶらついて〟いた。ニネッタの苗字は分からないがブルガリアふうだ。名前は知らなかったけれど、その代わり分かったのは、彼女がどんな事についても強固な意見をもち、それに必ず「私の言うことを聴いて！」と早口で付け加えることだった。編集部のドアを叩くようになって、その彼女とも顔を合わせた――小説セクションの編集者だったから……。ぼくが逮捕されたあと、彼女がよく（タマラの後について）夭折した天才詩人ラビッシュの家へ通っていたことをぼくは知っていた。さらに、タマラとコヴァチも逮捕された（――もしあの事故で死ななければラビッシュも逮捕されていたろうと言われていた）ことも知っていた。さらにディアナから聞いて、トリアもそこへ行ったと知っていた……。だからニネッタにその後のことを訊ねた。するとニネッタは――

「ジュスタのこと？　正真正銘のきちがいね――私の言うことを聴いて！」

ぼくは首をすくめた。その質問はかみ殺して自分のことだけにすればよかったと悔やみながら、引き続き自問していた。一体そこで、ラビッシュの家で（正確に言えばヴィタン地区のどこかにアウレル・コヴァチと一緒に借りていた部屋で）何が起こり得たのだろうと。ぼくの出所後にブカレストの通りで会ったそのコヴァチは、ぼくを**彼らのうちへ**招いた——タマラと結婚していたのだ。二人にトリアはどうしていると訊ねると、コヴァチは新妻とながながと目配せで相談してから、ため息をつき、鼻をすりながら言った。「可哀想なやつ……。きみもよく知っているよね、前にもちょっと……」と、手で頭を指した。「だが刑務所でひどく悪くなったな……」

ところで、ぼくはトリアが前にも「ちょっと……」どうだったか知らなかった、彼にそう言った。そうして「可哀想なやつ」になにがあるのか訊ねた。だがタマラが割って入った。独特の柔らかな、しかも鋭い声で——

「私の家では昔の話はしないの！」

彼女の家で話されていたのは生まれて数ヶ月の子供のこと。それにタマラが働く縫製工場のこと。それにコヴァチが働く工場（あるいは集積所）のこと。それにラビッシュのこと。何の底意もなく彼に訊ねた。

「きみとルチアン・ライクが世話したラビッシュの遺稿詩集『惰性と闘う』は一九五八年に出たね。きみはぼくのすぐあとで逮捕されて三年間食らったと言ったけれど、かりに逮捕がぼくと同時の一九五六年十一月だったとしてもラビッシュの本の出版と勘定が合わない。つまりきみの逮捕はいつだった？　何年間？　どの刑務所？」

タマラはまた〝私の家では〟を始めたがちょっと遅かった。コヴァチは「ジラヴァの……」と言いかけた。

「きみはジラヴァにもいたのか?」とぼくは例の囚人同士の〝同じムショ仲間〟調で言った。「どの区?　何号房?」

そのほかの何気ないちょっとした問い。囚人たちはそうした問いを楽しみ、答えて喜ぶ。驚いたことに、コヴァチはまたもふうふうと、あえぎ、鼻を啜り、一層熱心にのどの汗を拭き始めた。そうしてぼくが質問を繰り返した(赤ん坊の泣き声で聞こえなかったのだと思って)ので、手で空気を切った。

「もう覚えていないよ!　なんだい、きみはまだ覚えているのか?」

「もちろんさ!」とぼくはうまい冗談として笑った。「完全に全部とは言わないが、ほとんど全部――いずれにせよ、セクリターテが望むよりずっと多くね……」

「きみには楽だった、二年だけだったから――でもぼくは……」

「もっともだ、きみは三年だったね、だがぼくは二十三年入っていて全部覚えている人を知っている、全部……」

「ねえ、ほら、私たちは覚えていないの!」とタマラが割り込んだ。「それに、覚えていたくもないの……。話し合ったの、私たちは忘れなくてはならないぞ!――そうして、ほら、見事に忘れた……。だから、お利口にして、私の家では……」

だからぼくはお利口にし、何分かの口直しのあと、さようならを言って、出た……。彼らについても、トリアのことも、なんにも分からなかった……。

3

「ほら、ジュスタだ！」とぼくを止める。「見ようよ、こちらに気づくかな？」

ぼくは見ない——こちらに気づくかどうかを。見たくない。たとえ、時間的に言えば、まず初めにぼくは彼女に気づかなかった、そのあとでようやくその方がいいと思ったにしても。当然あるべき彼女の非難から身を守るのだ。

いいや、違う。非難される恐れがやって来たのはもっとあとだ。ようやくここでやって来た、パリに亡命してから今ようやく、ゼロックスコピーの夢の夜々に、恐れは初めてやって来たのだ。あのとき、ミンク通りとデラヴランチャ通りの角で目を背けたとき、疚(やま)しさを覚えていなかったというわけではない、それは感情ではなくても感情の予感としてあった。だが、逃げて、本能的に自衛したという事実そのものが、罪の意識があった証拠ではなかったか？

ともあれ、やはりそのころにあった別の件と似たようなものだ。

ある日のこと、詩人マジレスクが、これはよくぼくを訪ねて来ていただけでなく、それどころかぼくと一緒に人前に〝顔を見せていた〟数少ない一人（ただ一人と言いたいほど）だったが、ドアを開けるや否や憤然と言いだした。

「昨夜作家同盟のレストランでグリゴリアンと一緒のテーブルになったんですよ。あんたの話が出ましてね……。あのロバが、あの豚が、何と言うと思います？ こうだ、一九五四年に、彼が〈作家工場〉から除名されたとき、その暴露糾弾集会で、君が一番猛烈な告発者だったって！ ぼくは言ったよ、「そうかい、汚いやつだな、だが少し前には、それもここのテーブルで、君は反対のことを言っていたな、つまり、そいつだけが君を弁護したって！ どうして、それも今このとき、そんなことを言出すんだね。彼が壁に立たされた時から、彼の才能を否定するのがトレンドになったからか？ そうして君は今そんな非難を持ち出す、彼が暴露糾弾者だって、密告者だって？ 彼が妹を強姦した、母親を殺したみたいな告発だが？」

「で、グリゴリアンはなんと答えたね？」とぼくは唾を飲み込んで訊ねる。

「返事をしませんでした。あのニキタ・スタネスク流を使った。〝突然、ぐでんぐでんになった！〟というやつ。そうして、しょうがない、ぐでんぐでんのやつに自分の言葉に責任を持てとは言えないし、目が覚めた後で、言ったことを思い出せとも言えない。この連中は酒を冒瀆するものですよ、ねえ！　自分のぼろな根性を、恐怖を、卑怯を、酒の後ろに隠すんだ――〝何と言ったかって？　何があったかって？　どうして私に分かりましょう、何を言ったか、何があったか、同志地区委員どの、同志セクリターテどの、私はぐでんぐでんでした……お分かりでしょう、私にも小さな無害な悪癖がありまして……〟　君は気がつきませんか、からきし飲めない連中が飲み始めていることに？　飲むのが嫌いなのに？　だが飲んでいる！　ひまし油を飲むみたいにしかめ面して、目をつぶって――それでも飲み込むんだ！　気持ちが悪くなって、胆汁を吐いて、三日間はまるでご臨終のベッド、それでも起きると、また顔をしかめて、毒でも飲むみたいに飲み込む――なぜでしょうね？」

「忘れるためだろうな、もう心が痛まないように……」

「そりゃあ別の一派ですね、その連中の話じゃない！　ぼくの派の話でもない――。ぼくはもっと聡明になるために、ぼくの死に至る一歩一歩を、一瞬一瞬を、くっきりと見るために飲む。ぼくはどこへ行くのか、どう行くのか知っている――だがあの聖なる飲み物を汚すくそったれ連中は、あいつらが飲むのは忘れるためでも死ぬためでもないんだ！　逆に生き延びるためなんだ！　昆虫なみの、アメーバなみの自分の生き方を守るためさ！　あいつらは酒を虱だらけのチョッキみたいなものにした。それにくるまるのは暖まるためじゃなくて隠すため、裸だと分からないように、肉体も空っぽ、精神も空っぽだと他人に見てとられないためなんだ。あいつらは酒を一種の垣根にした、その後ろに隠れて、縮こまって、雑草に潜ってケラケラ笑う。〝えへへ、だれも見ていないぞ！　えへへ、ここにいることはだれも知らないぞ！〟そうして、ときどき、垣根越しに投げた小石がたまたま通る人の頭に当たるわけ――グリゴリアンは昨夜それをやった。垣根越しに石を投げて、その石があんたの頭に当たった……」

「他からも石はたくさん当たったさ……」

「待って、まだ終わってない！　で、グリゴリアンは石を投げ損ない、ぼくはぴしゃりと言った。君がこのまえ言ったことは違うだけじゃない、反対だったぞ、と。グリゴリアンはニキタ流を使って、途端に……。呻(うめ)く、気分が悪い、トイレへ行く、肩を貸してくれよ、ひっくり返らないように、と呻く。肩を貸してドアの方へ歩き出した。だが出られなかった。マリン・プレダが自分の席から立ち上がってぼくらの前へ来ると、グリゴリアンをぼくからあっさり取り上げて、そばの椅子に掛けさせた。〝さあ、モンシェール、話してくれ、その暴露集会の模様を。ぼくにも話してくれ、モンシェール、今は犠牲者顔をしているその主要告発者の様子を……？〟ぼくは〝プレダさん、あなたが今おやりのことは……。いけませんよ！〟と言った。プレダは、〝なぜいけないのかな、モンシェール？　私も作家だから取材をする。君の友人が、偉大な被迫害者が、彼もまた迫害者だったと、私はただグリゴリアン氏が今君のテーブルでそう言ったのをここで耳にしただけだ――さあ、話せ、モンシェール、その集会の様子を……〟と言う、これは放っておけません。ぼくはグリゴリアンを連れ出そうとする。プレダは椅子に押しつける。ジェベレアーヌも口を出す。〝だがマジレスクよ、何を突っ張っているのだ？　もし知らなかったのなら覚えておけ、君はマリン・プレダを相手にしているのだぞ！〟ぼくはジェベレアーヌを黙らせるように一言何か言いたかった、でも騒ぎは起こしたくなかった。プレダに訊ねる。〝あなたは彼と何か曰くがあるのですか、なぜグリゴリアンに彼のことででたらめをまた言わせたいのですか、もしかして……。今、集団化についての彼の原稿を拒絶する理由をさがしているのですか?〟ジェベレアーヌがまた割り込んで、またぼくに相手がだれだかを思い出させる、相手はマリン・プレダその人だと。だがプレダは……。彼も例の昨日飲み始めたやつらのカテゴリーなんですね。急に、口ごもり、目を曇らせて、言うことに、〝今さらどんな理由をさがすものか、モンシェール? 肝腎な理由は、才能ゼロということだよ!〟〝で……その理由では貴方には不足なのですか〟するとまたしてもジェベレアーヌが割り込む。〝マジレスクよ、どうぞ、あんたの席へ戻ってくれ、私たちの邪魔をするなよ、私たちはグリゴリアン氏と話をしたいのだ!〟だが、まことに神はいらっしゃる……。グリゴリアン氏が〝げえっ!〟と言うと、へどがジェベの口ひげから靴まで飛び散った。ぼくは飛びのいて自分のテーブルに戻った。ジェベは呻き、吠えて、ぼくにグリゴリアンを連れて行ってくれという。ぼくは答えましたよ、あんたがぼくを追い払ったんでしょう、グリゴリアン氏と話をするからと言って——さあ話をすればば!」

マジレスクは、さらに、その先どうなったか物語るのだが、ぼくはもう聞いていない。その昨夜の作家会館のシーンはもう見えていない。なぜかというと、別のシーン、二十年前の**集会**が目に浮かんで来たからだ。とりわけ、ヴァシレ・アルブが見える、発言(虚実とりまぜたグリゴリアンのありとあらゆる悪業のリストアップ）をこう締めくくるところが目に浮かぶ。

「どうーしー（単語を引き延ばし、その後の休止を引き延ばし、目で、指で間を引き延ばし、そうして、最後に、ぼくを指して）かの同志が、発言すべきだといまだに思わないのは、どうにも奇妙なことだ。私はひーじょうーに興味ある話を詳しく聞けるはずだと確信している。グリゴリアン問題——彼はクラスメートだから——についてもだが、なお特にアルゲージのもんーだいー！（またしても休止の間を置く、ああ、暴露糾弾集会の発言の間の多さ）についても。私の言いたかったことは、ほぼ以上です——さしあたり……」

さしあたり、ぼくには見える。がちがちに凍り付いた自分が目に浮かぶ。そうして、当時の映像の中になお見える自分は、立たされ（垂直に上へ、押され、除外され、列から出されて）、必死に、そうして諦めながら、目で、口で、手で、なにか頼れる物を、隠れ場をさがしている、吸い込めるものを、胸に入るものを、あの吐き出されるときに音となるものをさがしている、それは三方に別れねばならぬ音だ。一つはぼく自身へ——悪人、罪人（自己批判が大幅におくれた。あれほど長い間批判されながら、なお理解と許しを求めていた）。二つ目は壁に立たされたものへ。たまたまその夜はグリゴリアンだが、だれでも何でもよかった、壁に立たされるものは口実で、われわれのため、ぼくのための機会、ぼくの根本的な欠点を公然と認め、それを改善する許可を求める機会なのだ。最後に、正確には〝なによりもまず〟だが、唾をかけるようなアルブの言葉へ、不在の（しかしひーじょうーに興味ある）人物の方へ吐きかけられた言葉へ。その夜は、腐敗した詩を書く腐敗したアルゲージへ吐かれた……。自分が見える——よく見える、かっかしている、なぜならば、ぼくは確信的に、建設的に、自己批判的——批判的に、このすぐれた詩人に唾をかけることなどできないだろうから。そこで次はぼくが壁に立つことになるだろう、唾吐きの的として。

しかし、（壁へ向かって）立ち上がる恐怖に加えて、横にトリアが立ち上がる恐怖が重なる。そうして自分の声が聞こえる、ばかみたいに、なお〝もし〟を並べる受刑者のあの無益な落ち着きでつぶやく声がする。〝もしぼく一人だったら……。もしぼくが最初だったら……でもこのとおり、グリーシャ・グリゴリアンと同じ鍋の中だ……〟——ぼくには分かっていたから——ジュスタが立ち上がるそのときは……。

こうして、ジュスタが立ち上がる、ゆっくりと（茶の湯の儀式というものがあるが、暴露糾弾集会では発言の目的で椅子から起立する儀式も確立していた）。そうして、不注意で、ガラスの大きな灰皿をがちゃんと床に落とした。そうして、その音が会場の注意をこちらへ向けるにはまだ不足だったかのように、さらに両手で力いっぱい斜卓を叩いてから——言った。

「私がぜひ付け加えたいのは……」

付け加えるって何だ、ジュスタはまだ発言していなかった（アルブの言ったのは——〝かの同志が、発言すべきだといまだに思わないのは、どうにも奇妙なことだ〟）。——彼女が「付け加えた」ことはそれまでに言われたことと繋がらなかった。――そもそも彼女が付け加えたいことなどどうでもいい、肝腎なのはぼくが――さしあたり――座ったまま（もっと小さくなろうとすれば却って注意を惹きそうなのでそのまま）、タバコをふかし、何かメモし、だがノートに被さりすぎないようにしていたことだ。――注意を惹かないように、私は隠れていると思わせるように……。

「このグリゴリアンはまあまあの詩人で、たしかにいいエッセイストでしょう、しかし人間としては下品だ！」とマジレスクが言うのが聞こえて来た。「酒を汚すやつだ！ ねえ、あんたについて彼に何が言える――たしかに当時はゆるがずにいることはむずかしかった……。でもあんたはゆるがずにいた、そうですよね？」――マジレスクはぼくに答えさせようとして、うん、ゆるがずにいた、と答えさせようとしてぼくの腕を揺すぶる。

ぼくは何も言わない。ぼくの頭はすっかりグリゴリアンのあの〝暴露糾弾〟から二、三日あと、レストラン〈キセレフ〉でのぼくら学生のテーブルの情景へ移っていた。

ホリア・トマ（廃校予定の〈エミネスク文学学校〉の二年生）がワインをグラスについで回っている。男女合わせて十五人ほど。いつもぼくらは自分でつぐか、あるいは〝順送り〟につぐ。なぜ今日に限ってトマがボーイをやる気になったのか分からない。ボトルがコヴァチのグラスの上へ来たときに、立ち止まり、ボトルを高く上げて、薄い唇にナイフをくわえて訊ねた。

「チクるのはだれだ、この中で？ チクるのはだれだ、ミスター？」

（当時この〝質問〟は口伝えに広まっていた。まだユーモア作家ミルチャ・クリシャンはデビューしていなかった、彼は自分が言い出したようなことを言っているけれど……）

そのあと、トマは、チクるのはだれだ、この中でチクルのはだれだ、と繰り返しながら、たいそう高いところから注ぎ、コヴァチのグラスはいっぱいになる。トマはボトルを抱えたまま止める。そうして待つ。ぼくらも待つ、黙って。するとジュスタが、ゆっくりと、自分のいっぱいなグラスの方へ手を伸ばす。別にうっかりしたというふりもせず、ワインがこぼれてコヴァチのほうへ流れるように、念入りにグラスをひっくり返す。ぼくは本式にゲームに加わっているわけでもないが、ジュスタのグラスを元通りに〝立たせる〟。トマはそれを、だれがチクる、だれがここでチクる、ミスター、と繰り返しながら、満たす。するとジュスタはまた手を伸ばし、またグラスをひっくり返し……。それは冗談だ――ばかげたものだが、冗談だ――しかしだれ一人、おもしろがらない。〝グラスの道化者〟トゥードル・ヴァカルさえ、はしゃぎもしない。ところでコヴァチはにやにやしている。唇にはりついた汚れたタバコの煙で目を細め、拭う、おだやかな落ちついた手つきで、ズボンのワインを、拡げた手の平で、裾にかかったのがワインではなくてなにか違うどろりとしたもの、たとえばマーマレードか何かだったように、拭う……。一度、二度、三度、トマはジュスタのグラスを満たし、ジュスタはそれをコヴァチの裾へかける――コヴァチは怒る風もなく、うんざりする風もない。その代わり、トマの方はもう我慢できない。冷却カートからボトルを一本取り、栓を飛ばして、ふだんよりもっと斜視になって質問を繰り返しながら、一メートルの高さからコヴァチの頭に注ぎかける。

「チクるのはだれだ、このけだもの密告野郎？　だれだ？」

コヴァチは格好良い身振りでワインを額からこめかみへ流す。目に入らないように。それでもやはり入る。彼はなお笑っている。トマのボトルにワインがなくなったと見ると、コヴァチは立ち上がる——にやにやしながら。

「失礼、行かなくては、着替えに……」

「ちょっと大変ね、君の年では！」と後ろからジュスタが叫ぶ。

「着替えろ！」とトマも声をかける。「別のに！」

「あんたはきちんとゆるがずに立っていたのですよね、彼の言うようなことはしなかった——酒を冒瀆する失敬なグリゴリアンなんかの言うことなど？」とマジレスクがぼくに訊いている。

ぼくはわれに返って肩をそびやかす。好きなように、できる範囲で、具合がいいように、理解すればいい。グリーシャ・グリゴリアンの話を信じることは、マジレスクには具合わるく、できない、信じたくないのだと分かっている。だがこのぼくにも具合よくない。承認も否認もする権利がない。たとえぼくが二十年昔の様子を知っていたところで、それも、よく知っていたところで、それがなんだ。物語ろうと、説明しようとしても無意味だ。マジレスクはぼくより七歳年下にすぎない、だがわれわれの間には幾世代もの差がある。それは、彼が〝遠目で〟すら、〈詩人工場〉に関わらなかったからだ。そうして、とりわけ、投獄されなかったからだ。彼は知っている、欲している、〝ゆるがない〟ことが困難だったと彼にも分かる場面で、その時に、友人のぼくがよくゆるがずに立っていたということを、彼は知っている、それを望んでいる。よろしい、いつか詳しく物語ろう、しかし、今のところは……。

「違いますか？　違わない？」とマジレスクは追及をゆるめない。

「憐れなグリーシャ……」とぼく。

そうしてぼくはうなずく。そうしてため息をつく。マジレスクは、それだけで結構ですと言う。憐れなグリーシャ。まったく、憐れ。というのは、彼を攻撃した大勢のうちの何人かは忘れるとしても（二十年経った）、二人だけが攻撃**しなかった**、その二人を――そうしてまさに攻撃しなかったという理由で、その当人まで壁に立たされた（実は、いわゆる〝穏便にすませる主義〟のせいで立たされた）その二人を――忘れられるはずはないからだ。明らかに、ジュスタのやり口は目についた。第一には、普通、彼女は、最初の発言者ではなくても、最初のグループの中にいた。ところがあのとき、グリーシャの件では、途方もなく多数に先に発言させていた。第二には、最後に立って、灰皿をひっくり返したとき、それは集会を（一時的にもせよ）〝壊す〟ためだった。まさにそのために（またしてもヴァシレ・アルブの言い草だが）〝敵対的攪乱〟として告発されたのだ。そうして、たとえ一人で壁に立たされていたにしても、グリーシャはぼくの沈黙に気づくことができたはずだ。もし直接には気づかなくても、その場合は連想から分かるはずだ。前回の暴露集会（セクリターテ要員が対象だった）の時、彼、外ならぬグリゴリアンが指を二本立てて、椅子からすっかり立ち上がり、それから一歩横へ動いて、笑いながら（例の薄汚い笑い）演壇へ私を指さして見せた。

「私の後ろに隠れている！　発言しないように、暴露に参加しないようにしているのだ！」

事実、ぼくは小さくなっていた——しかもだれの後ろだったか！　だがグリーシャはぼくを見て、確かめて、ぼくを……。追い詰められて、ぼくは立ち上がり、ぺらぺらしゃべり出した、トランス状態のように。

「でも隠れやしない！　ぼくは顔をそむけようとしただけです、なぜなら……前の方から……臭ってきたから……」学友たちのくすくす笑いが始まったのに勢いづいて、続けた。「空気が耐えがたくなった、夜の瓶、溲瓶（しびん）の臭いが吹いて来て……」

そこで奇跡が起こった。〝問題の重大さ〟（一般学生ではなくセクリターテ学生の暴露集会だった）にもかかわらず、異常な緊張にもかかわらず、ただ第一回暴露集会だからというだけでなく、議長団席には、被糾弾者たちの上司のジェネラルが一人いたにもかかわらず（あるいはまさにその例外状況の故に）、出席者のほとんど全員がどっと笑い出した。それも喝采。研究所政治委員のノヴィコフその人まで、校長のペトレ・ヨシフその人まで。壁に立たされた者たちまで微笑しようとした、歪んではいたが、それでも微笑。グリゴリアンが寄宿寮全体に悪臭を漂わせていた溲瓶のことを知っている寮生はいうまでもない。ただ一人憤然と抗議した（「これは挑発だ！　攪乱だ！　偶然ではない！」）のは、もちろん、ヴァシレ・アルブだった。

なぜぼくが爆笑を引き起こしたのか、そうしてなぜ満場が上機嫌でぼくの〝発言〟（そうして続くはずの他の発言まで）なしですませたのか、その理由が分かるまで何日もかかった。なぜかと言うに、各グループ、各部分がそれぞれ別の解釈をしたのだ。議長席のペトレ・ヨシフ、ノヴィコフ、それにジェネラルは、ぼくが被糾弾者たちの〝敵対的行為〟の〝不健康な性格〟、〝腐敗〟、〝（**溲瓶の**）悪臭〟を断罪したのだと思った。学生たちは（寮生以外でも）、グリーシャ・グリゴリアンが溲瓶の件で（彼は夜の便所通いで風邪を引くのがこわくて、鉢に小便をしてそれをベッドの下に置いたのが見つかり、同じ寝室の学生たちとの間で延々と喧嘩口論が続いた）、伝説的存在だったから、爆笑した。最後に、ほかのもの（少数で、トマもその一人）は、ぼくの言葉が暴露集会そのものを断罪したのだと思った。集会の時間には、確かに、〝ウンコが散らかった〟、で、それは鼻を衝いた、悪臭を放っていた……。もちろん、ぼくはそう言おうとしたわけではない、取り繕おうとしただけだった……。

憐れなグリーシャ……、ぼくが彼の一番猛烈な告発者だったとマジレスクに言った。だがぼくに対しては、つい二、三年前、あのいやな一場の思い出話のとき、グリーシャはこう言ったものだ。

「君だけはぼくを攻撃しなかった。雪靴が欲しかったんだな」

ぼくはきょとんとした。彼がまた飲み過ぎるようになったと聞いてはいたが、そのときはしらふだった――少なくともそう見えていた。雪靴？　どのゆきぐ……？　そこでぱっと閃いた。

「ああ、あの有名な君の雪靴か？」確かに、ぼくは呆れていた。ぼくも考えたものだ、グリーシャが雪靴をはいているのか、それとも雪靴がグリーシャを入れているのか……。「でも羨ましがりはしなかったよ、本当だ、ぼくには全然大きすぎた……。それから、はっきりさせておくが、君を攻撃しなかったのはぼくだけではない、ジュスタが……」

「いや、いや、いや！」指を上げてぼくを遮った。「君は忘れている。ジュスタこそ悪党だ。ぼくがパンツを持っていないと攻撃した！」

「何を持っていないと？　グリーシャ、君は忘れているぞ、パンツの件は別の、セクリターテ除名の時だった、それに女性用パンティの話だった、猿股じゃない。君の問題ではジュスタはヴァシレ・アルブをおたおたさせたよ、灰皿で……」

「いや、いや、いや！　灰皿なんかの問題じゃなかった、だいたいぼくは吸っていなかった。ぼくは覚えている――その証拠に、ほら、君がぼくをどう弁護したか覚えている、君は彼らに言った、いずれ後悔する日がくると……」

「おいグリーシャ、グリーシャ！　とにかく、そういうようなことを言わなかったのを、ぼくは今は残念に思っている――だが言わなかったんだ。ぼくは君を攻撃しなかった、それは本当だ、だけど弁護もしなかった……」

「いや、いや、いや！　弁護した！　それで君も逮捕された！」

「また残念ながら、君は取り違えている。ぼくが逮捕されたのは別の件で、あの二年後、ぼくらの学校がなくなってからずいぶんあとのことだ、だから……。ねえ、グリーシャ、君の詩集を読んで……」

「君の感想など言わなくていい、センスがないんだから」

「それには同意するよ、ぼくにはセンスがない——そのせいもある、気に入った……」

グリーシャは例の無表情な目でぼくの視線をさぐった。

「からかうんだな……あのときみたいに、〈エミネスク文学学校〉で……。あのときみたいに、〝地震〟で……。君があのひどい茶番を始めた……」

ぼくは回れ右をして、グリゴリアンをこんがらかった〝思い出〟に任せてもよかった。しかし待てしばし。もう一つ試してみた。

「ねえ、グリーシャ。ぼくらは特に親友ではなかった——言わば、そうなる時間がなかった——けれども、敵どうしでもなかった。この二十年、君も、ぼくも、懐かしがりはしなかった。けれどもあの二、三ヶ月、学友だったころは……」

「それに〝嵐〟で」とグリーシャが遮った。「あれも君の思いつきだった」

「だが君はどうかしてるな！　ぼくは一人でコヴァチの悪ふざけを終わらせようとしたのだ」

「いや、いや、いや！　コヴァチは君をなぐった、〝嵐〟で、〝地震〟で、ぼくをからかったから……」

「おい、違うぞ！　コヴァチがぼくをなぐったのは、ぼくが君にあのパリへのはがきを書かせようとしたからというのじゃなかったかな？　そうしてぼくがそれをポストに入れようと言いながら、でもペトレ・ヨシフに渡したからと？」

グリゴリアンはまたぼくの視線をさぐった、同時に自分の記憶をさぐり、さぐりながら……。

「いや、いや、いや、そうじゃない！　つまり、君をなぐったかどうかは知らない、ぼくは出て行ったから、彼らに追い出されたのだ……。君はなぐられたのか？」

「どうかしたのか、グリーシャ？　ぼくの気のせいかな、それともほんとにどこかぐあいが悪いのか？　もしかして、酒……のせい？　また始めたという話だが……」

「いや、いや、いや、酒は結果さ、原因じゃない」

「じゃ何が原因だ？」

「一つだけじゃない。たくさんの深刻な幻滅」

「聞いたような気がする。あれと別れたとか……」

「いや、いや、いや、別れたのじゃない、捨てられた」

「結局の所、詩は君を……捨てはしない、女一人が問題になるか」

「問題さ。一人じゃない。三人……」と、指を三本出した。

「女なんかほっとけよ」と言って、肩に手を回そうとした。

だがグリーシャは体をひねる。

「ほっとかない。ぼくは女が好きだ——君はホモか？」

「ぼくがあ？　どこからそんな話を引っ張り出す？」

「ぼくは何も引っ張り出しちゃいない。ゾエ・ブシュレンガ教授がぼくに言ったんだ。パリで出た君の長篇がこちらで出せなかったのは、ほかでもないその問題のためだとね——でもいいかい、ぼくは男色家に何も含むところはない、ぼくには大勢——君のような——友達がいる……。でもどうしよう、ぼくは女が大好きだ……」

「たまたまぼくもさ！」そうしてぼくは笑いながら離れたのだった。

4

「憐れなグリーシャ……」とぼく。マジレスクはうなずく。

そうしてぼくはあの集会の回想に戻る。

ある晩、夕食中に、ぼくらは大教室へ呼び出された。何のためかは告げられないが、二週間ほど前から**吊し上げ**の空気が漂っていたのだ……。セクリストの吊し上げは終わって、それの続きはもうなかった。だがいつもわれわれは、われわれの誰もが、何かにつけて、脅えていたのだ。また、ひと頃はもっぱら校長やノヴィコフや一部の教授だけにいじめられたとすれば、この頃はぼくらをチェックする係はヴァシレ・アルブだ。目つき、あいまいな言葉、特に、特に手帳にメモ……。あるとき、ジェメ・ザンフィレスクが、頭に来て——

「おっかあのおまんこ野郎、その手帳で何をやってる？　何を書いてるんだ？」

幸い、トマが近くにいた。冗談半分、真面目半分でジェメの手を引っ張って、脇へ押しやった。アルブは……真っ青になって、ナイフを抜いた。

「それが……作家ヴァシレ・アルブのペンかよ?」とトマはまだ冷やかし半分。

「おふくろのことで侮辱したんだ! だれにもそんな悪口は言わせせん、腸を引っこ抜いてやるからな!」

アルブはトマを押しやって、ジェメにかかろうとした。

「じゃあおやじのこと……ならどうなんだい?」とトマが訊いた。

ヴァシレは何度か口をぱくぱくさせ、それから何も言わずに口をもぐもぐさせながら離れて行った。だがそれからも、ぼくらをつけ回し、例のメモ帳でおどかしてきた。食堂での召集通知のあと、聞こえよがしにメモ帳をパタンと閉じて、われらの〝学友〟は真っ先に大教室の方へ向かった。

ほかのぼくらはまだ残った——食べ終わってはいなかった。だがシーンとして、それぞれの皿に向き合っていた。だれが壁に立つことになるのか? だれでも。仮に「主犯」には自分が裁かれる番だと分かっていたとしても、口に出しはしない。懸念と、希望と——迷信(もしもその言葉が口に出されなければ、おそらく**現実**が先延ばしになるだろう、あるいは、完全に消されることだってあるかも……)。また、何も知らない連中も、一回でも集会に出た経験があれば分かっている。吊し上げとは雪の塊、いや、山腹を転がり落ちる石塊のようなもので、ほかの石に当たり、こすり、転がし、そうして、当たられた石はほかの石に当たり、それからそれへと転がすのだ……。びくびくして、「今日皮剝ぎをやられるのはだれだろう?」とは考えず、「さて自分は今日も見逃されるだろうな?」と考える——というのは、分かっているのだ、「主犯」と同時に転落するのは「共犯」だけでなく、「擁護者」(これは何だ、積極的共犯でないとすれば?)だけでなく、「とんちき」(義務を果たそうとして、融和主義者だと告発されまいとして発言する手合い——つまり擁護者、つまり共犯だがまごついて、パニックに陥り、結局自己告発に終わる手合い)だけでなくて、「御目付役(ヴィジレント)」、「正義屋(ジュスト)」の中にもいるということを。暴露マシンは時たま突然にストップするかもしれない。すると立ち上がっていた告発者が倒れて地面に四つん這いになり、自分が告発している当の相手から告発(理由があろうとなかろうと)される。その相手は手当たり次第に何でも利用して防御に必死なのだ。暴露マシンは暴露者らまでを踏みつぶす、だが、おかしなことに、こういう経験からだれも何一つ学ばない。こんな集会は欠席したらどうか。それこそ自殺そのもの、裁判抜きで処罰される。可能な唯一の術策は(可能ならだが……)沈黙の参加。いや、もしも見えない〝参加〟というものがあれば——ぼくの確信するところでは、あの時代の成人は、子供のときのあの夢にまさる熱烈な願望をいだいたことはあるまい。それこそは姿を消す夢だ。

　こういうわけで、脅え切って、見込みはないながら、自分の姿が消えるか、または**彼ら**(つまり〝主役〟を含めて自分以外の全員)の盲点に入ることを心の中で願いつつ、大教室に入って行く。そうして黙々となるべくいい席を争う。実際は争うわけではない。なぜなら、なるべくいい席とは、あるものにとっては前のほうの列だ——そこでは教壇から見える、ただ前のほうにいるということで、発言せずにすむだろう（それは……効果はまだ実践で証明されてはいなかったが）。また、あるもの（ぼくもその一人だが）にとっては一番安全な席は教室の最後列だ。つまり、そこなら前にいる者の後ろに隠れることができる（まだ実践で効果が証明されてはいなかった……）。

校長のペトレ・ヨシフが話し出す。まだどういう「犯罪」のことかは分からないが、でも「犯人」の名を耳にしてほっとため息をつく――まずはだれであるかは問題でなく、意味があるのは自分と違う名が呼ばれたということだけ。この晩はそれがグリゴリアン・グリゴーレ、あのグリーシャだった。

さて、安心したので校長に耳を傾ける、言っていることも分かる。

犯人はどんな罪を犯したのか？

「ある資本主義国へ隠密にいわゆる郵便はがきを送ったのだが、見える文字行の間に、隠しインクで転覆的な敵意あるテキストを書いた！」――と校長は出席者に矩形の厚紙を示して、続ける。「そうして特に、アルゲージの本を一冊所有し、回覧している！」

何の関連が一つの罪ともう一つの罪の間に、発送と所有の間にあるのか（校長は〝そうして特に〟と強調しているが）？　そんな疑問は間抜け極まる。そんな質問は、集会の一日後か、十年後ならしてもいい。だが集会中はだめだ。何事か、「何の関連が」とは――どうして筋の通った関連などというものがなくてはならないのか？――関連は、同志諸君よ、われわれが付けるのだ、革命的必要性に応じてね！　何事か、「彼はハガキを**送って**いない、なぜなら、ほら、それは校長の手の中にあるし、切手も貼ってないのだから……」とは——だが書いてあるではないか？　グリゴリアンの手で？　書いてある！　さあ、彼が書いたからには、送ったようなものだ。今、これが**われわれの**手中にあるということは、われわれの警戒心の証明である、いかなる敵もわれわれを欺くことはできぬ！　何事か、「破壊的な敵意あるというテキストの内容は何か？」とは——われわれがここに、敵の暴露という目的でここにいるからには、そのテキストが本当に敵意に満ち破壊的であることははっきりしている、そのことをほとんどここ十年以来、内外の敵と戦う間にわれわれは学んだのだ！　何事か、「郵便ハガキとアルゲージ本の間に何の関連があるか？」とは！　だが火を見るよりも明らかだ。郵便ハガキの宛先はパリへの逃亡者だ——ブルジョワ的反動的ないわゆる評論家エウジェン・ロヴィネスクの娘モニカだ[*4]、彼はわれらの同志ソーリン・トマがその研究論文にいみじくも『腐敗の詩**及び**詩の腐敗』と題した通りの、いわゆる醜悪と腐敗の詩人アルゲージのいわゆる才能を絶賛した。かくのごとくにして、グリゴリアン・グリゴーレはいわゆるブルジョア文芸評論家ロヴィネスクを評価するのみならず、悪党アルゲージの本を所持しかつ回覧しているのだ！

「悪党アルゲージ」……この格付けを聞くのはこれが初めてだった。今まではただ「腐敗した」「デカダン」それからもちろん「いわゆる詩人」としてのみ扱われていて——そのためにこの六年間に詩の一連も一行も公表されなかった……。ああ、そうだ、ペトレ・ヨシフ校長の親友ソーリン・トマは「研究論文」の筆者であるばかりか、**そうして特に**、アレクサンドル・トマの息子である。A・トマは結構な人物で申し分ない活動家だが、もっぱらの話（もちろんひそひそ話）では、超高齢の年金生活者でずっと前から認知不能の別世界にいるその人を、息子のソーリンと母親は、アカデミー会員かつ生きた古典に仕立て上げた。だが〝その御当人〟は、自分が**何者か**理解しなかったし、依然として理解していない。理解しない方がいい、理解するようならパストレルのエピグラムも理解したことだろうから。それはA・トマを標的にしていた。〝新しくできた《共和国》では／ウンコが臭う代わりに書く／だが本物の作家たちは／このウンコに浄化される〟このエピグラムは口から口へ伝わり、別のバージョンではウンコのところが人名らしき語呂合わせになっているが、そういう名の作家（らしきもの）は一人も見つからなかった……。

〝悪党アルゲージ〟……〝批評家と称するロヴィネスク〟。他のものにも番が回って来るだろう。いわゆる詩人、小説家、思想家たち、悪党、反動、ブルジョア・地主の召使い。労働者階級の裏切り者、東方の偉大な兄弟をあしざまに言うものらの番が来るだろう。ずっと昔に（あるいは最近牢屋で）死んだものが、階級闘争もプロレタリアートの役割も理解しなかったとして批判され、告発される（それはまだプロレタリアートもマルクスもレーニンもいなかった時代の著者ですよ――それがどうした、予見するべきだったのだ！）番が来るだろう。彼らは罵倒され、図書館から、文化から、文学から掃き出される（そんな必要もない、かれらは掃き出された――浄化された――すでに一九四八年にかれらの本は燃やされたのだから。何冊かの本は助かった。そうしてわれわれは、〈未来の魂の技師〉、〈真の社会主義文化の苗床の若枝〉であるわれわれは、相続によってではなく排除によって、**被粛清者ら**に**代わるべきわれわれは**、それ、こうして**書物なしで高校を出た**われわれは、禁止・敵性・有害・腐敗した詩や文章を手で書き写して、禁書アルゲージを一冊ずつ〝所有する〟……)。そういうわけなら、この集会でだれを〈われわれは裁く〉ことになるのか？　学生グリゴリアンを――彼の犯した罪によって？　そう、彼を、（時間的には）最初に彼を、だが壁に立たせるのは単なる口実だった、偽の雷撃だった。グリゴリアンにことよせて、われわれは〈ブルジョア文化〉を、〈退廃文学〉を、叩き、叩き、叩かねばならなかった（それが完全に消滅するまで？）――そうしてその廃墟の上にわれわれは〈新しい人間による新しい文化〉を築かなければならないのだった。

しかしながら……。アルゲージも、ロヴィネスクも――隠しインクも、もう出てこなくなってから、たっぷり二時間ほど経っている。グリゴリアンは、ほかでもなく、ただただ次のような訴因で裁かれていた。

罪状の数々――

＊なぜ、自己申告で、一人の曾祖母がウルグアイにいると言明しなかったのか、**そうして特に**、……足を洗わないのはなぜか？

＊なぜ、あるゼミナールでソビエト文学について敵意あるほのめかしをしたのか、**そうして特に**、同志たちのように便所へ行かずに溲瓶に小便をするのはなぜか？

＊われらの〝元同志〟グリゴリアン（**かの**ヴァシレ・アルブが議長より先走ってそう呼ぶのは、グリゴリアンが〝遠ざけられる〟だろうということか、そう示唆しているのか、要求しているのか？）は、別のゼミナールで、われらが偉大な生きている古典詩人A・トマはマイナーな詩人であると主張し、**そうして特に**、食堂で、ぴちゃぴちゃ、げえげえ、行儀悪く食う。

＊〝元学生グリゴリアン〟は（と言うのはなよやかな、デリケートなミカ、ヴァシレ・アルブにぞっこん惚れているミカだ）、同志女性たちに対して原則的でない態度をとり、**そうして特に**、ある日などは、親愛なる同志のみなさん、こんな言い方でごめんなさい、でも事実を言うだけなの、つまりグリゴリアンは授業中におならをしたのよ——それもなんと、ロシア語の時間よ！

＊いつもコミュニズムの闘士で労働者階級のヒロインたるエレナ・パーヴェルの甥と自慢しているけれども、**しかし現実には**彼女にふさわしくない、**そうして特に**、家から届く小包が多すぎる！

＊医学的理由があると言ってスポーツを拒否する、**そうして特に**、フランス語の本を読んでいる！

最後列の席でぼくは少々震えている。震えている、それは、これが二回目の暴露集会出席だが、まったく準備なしでの出席だからだ。父から**これ**ばかりは教わらなかった。父はあんなによく知っている、あんなにいろいろ経験してきた父（シベリア各地のロシアのラーゲリ、それから前線、それからルーマニア系ロシア人として抑留、それから亡命、それから「送還」を恐れて森に隠れ、それからみんな捕まってシギショアラのラーゲリ入り——これは失礼、送還センター入り、それからルーマニアの刑務所、それから……それからロシア軍進入後の日々の生活）、その父はこれこれの状況ではどう考えどう振る舞うべきか、これこれの質問にはどう答えるか（あるいは答えないか）説明してくれ、注意してくれた。ところがどうだ、父は**これ**ばかりは話してくれず、心の準備をさせるのを忘れた（あるいは多分父も**これ**ばかりは知らなかったか）。つまり、何をするか、どう自分を守るか、どう反論するか、なぜ足を洗わぬと質問されたらその時どう答えるか、食べながらげっぷすると告発された時には——もし名指しでこう責められた時には……「おまえは小用を溲瓶にして、しかも体温計であれを支えて、あとでそれをアルコールで消毒してそれから元通りにケースに入れる、その代わり何週間も手を洗わない。**そうして特に**、掃除の女性同志を軽蔑して「奥さん」と呼ぶ……」？　洗濯物に他人のが触らないように寮の洗濯機に入れないで——自分の汚れ物はひと月も枕の下に置いておく、**そうして特に**、変人ぶる、フランス語ができると？

言うなれば右に挙げた「犯罪」をぼくは一つも犯したことがない。だがいったん壁に立たされれば、他の罪を発見され、発明され、暴露されるのでは——ぼくにしてもあれこれの習慣を暴露され、展示され、目の前に突きつけられないか？　父から、また父のそばで、ぼくは自分を守るすべを、打撃を——後ろからのでも——受けても被害を最小にする用意を学んだ。ところがだ、今、**こういう**下着の中に手を突っ込む攻撃には全く無防備でなすすべがない。

ぼくがいよいよ恐れ、落ち着かないのは、このたびはジュスタが隣にいるからだった。セクリスト

「裁判」でのジュスタの発言の**一語一語**がまだぼくの肉に、耳の肉に、眼球の肉に、刻み込まれていた……。だがそれでも、グリゴリアン裁判ではぼくを――ヴァシレ・アルブから――救ってくれた。大きな音を立ててガラスの灰皿を落として、彼女が発言した。ぼくが何も言わずにすむように……いいや、「私が付け加えたいのは……」の後にこう付け加えたのだ。

「ちょっと休憩をとり、その間は窓を大きく開くことを提案します！　私が言いたかったのはそれだけです……。今のところは……」

ジュスタの声にみんな耳を傾けた――そこで校長は休憩を宣した。

ぼくは小走りにトイレへ向かう。そこで隣に立つのがヴァシレ・アルブ。ぼくにささやく。

「監獄でグリゴリアンの退屈晴らしの相手をしたくないなら、アルゲージをぼくによこせ――金は払うよ、奨学金が入ったら」

ははあ、とぼくは考えた。これがヴァシレだ。だが場面は大教室とは別だ、壁の前じゃない、暴露集会じゃない。ここでは、とにかく、勝てないとしても、堂々と自己防衛ができる。つまり、ヴァシレは、アルゲージ詩集の**ぼくの**本を横取りしたかったのだ――ぼくが虎の子の、ブーツのために家から送ってもらったお金で払った（冬が来てからぼくが学校の建物から出ないのはそのためだ）ことは問題ではない、だが代わりはもう手に入らない。珍品だし、ましてや今日、この暴露集会でアルゲージも仮面を剝がれたからだ。ぼくの知る限り、学校じゅうに――寄宿舎じゅうにということだが――アルゲージ詩集は二冊ある。まずグリゴリアンが自分の家から持って来た本、けれども言われていることと違って、見せびらかすだけで誰にも貸していない。二冊目――ぼくがステレスク古書店から買ったもの――これは〈地下版〉だ、なぜならば、古新聞でよく包んでないばかりか、偽の表紙が付いて流通している。この本を友だちが手写している（セクリスト裁判以前に、その一人がヴァシレ）。ヴァシレはこれを一晩手元に置いた――それをコピーしたことをぼくは知っている。だがほら、ヴァシレはオリジナルを欲しがった！

このころまでに、ぼくはヴァシレがジュスタよりもっと危険だと理解していた。トリアと違って、ヴァシレは何も信じておらず、**そうして特に**、隠していることがあった。つまり父親が刑務所に入ったことがある（あるいはまだ入っていた）。そうしてそれを申告していなかった。学友の間でこの〝秘密〟が知られているのが分かって、ヴァシレは態勢を整えていた。幹部の前に出たときはこう言えるだろう。「確かに父親は司法機関によって投獄された（あるいは、されている）けれども、よくご存じの通り、自分の行動は模範的です、自分は警戒怠りない人間です、これが、これこれについて、これこれの問題についての情報のメモです……」だから、ぼくは落ちついて答える。

「いいとも。〈地下版〉は今ジュスタのところだ――返してもらうよ、あれに言うよ、君が急いで写したがっているって」

間。隣で、ヴァシレの咳払いが聞こえる。それから声が――やはりひそひそと。

「いいよ、いいよ、どうせ何かで君の尻尾をつかむぞ。たとえジュスタでも君を救い出せないようなことをぼくが仕組むからな！」

〝ジュスタでもぼくを救い出せないような……〟だがジュスタは何からぼくを救い出したことがある？　今は自分で抜け出た（出たとすればだが）――たしかにジュスタの名を出してだが、しかしこれは彼女の知らぬことだ。だがもしぼくがトリア（ヴァシレも煙たがっている）とずっと親密な仲だと彼が思っているなら？　大いに結構、思っていればいい……。

裁判の第二部のために教室へもどる。ヴァシレはときどきぼくの方を向いて、発言を促す。ぼくはア・ル・ゲー・ジと口の形を作りながら、ジュスタの方へ首を振る。ヴァシレは唇を咬み、諦める――とりあえずは……。

グリゴリアンの運命――それはもちろん、集会が始まる前に確定していた。一つだけだが雑音が入った。ホリア・トマが議長団に質問した。

「われわれ学生も知りたいのです、われわれの学友でグリゴリアンの擁護者である同志コヴァチは、通信防止に、どんな積極的……役割を演じたのか。郵便ハガキの」――ここでトマはまごついて続ける言葉が見つからず、憤然と、質問をこう終えた。「失われた手紙[*5]の発見に？」

どっと哄笑がわき、それは議長団席も巻き込んで、集会の幕引きを決めた。校長ペトレ・ヨシフ、学生たちを自慢し、自分のことも自慢し、自分の教養を自慢しているペトレ・ヨシフは、この悲しいが必要な一章（つまりグリゴリアン事件）を、楽天的で文学的な注釈で終えようと提案したものだ。「偉大なわれらのカラジャーレは永遠に生きている！」

カラジャーレが偉大なことはぼくらも知っていたが、しかしそれで（他人の）暴露集会が終了してほっとしたものの、やはりぼくらもトマの言うコヴァチの演じた「積極的……役割」を知りたかった。それは、いくつかの発言の中からは、またグリゴリアンの免罪の試みの中から拾った断片からは、はっきりしなかったが、それにしてもまともでないところがあった。

もうすっかりおそく、夜半も過ぎたが、眠れなかったので、一杯やりに部屋へ来ないかというジェメの誘いをありがたく受けた。寝間着一枚のトマが床に座って、組んだ足の間に大瓶ダミジャーナを抱えていた。「客」全員にとりあえずグラスを満たした。全部で七人ほど、アルブはいなかった、その代わりコヴァチがそこにいた。それにジュスタも。

「何に乾杯しようか、グリゴリアンの名誉にか、彼の魂のためにか？」とジェメが問うた。

「われらの罪の許しのために」とトマがもぐもぐとつぶやき、それからコヴァチに向き直った。「さあ言えよ、ここで、でぶ君、失われた手紙の秘密は何だ？　みんなが思ったことは本当なのかい、つまり君がばかなグリゴリアンに手紙を書けと勧めたのか？　それともポストに入れるのを引き受けただけかい？」

「集会でそんな話はなかったよ」とコヴァチは笑いながら応じた。

「会議はまとまりがなかったが、ここで続けようじゃないか、手短に。答えろよ、ばかなグリシャが絵はがきの投函を君に頼んだのか、それとも君から言い出して――そうして、ほら、校長の手に入ったのか？」

「言ったろう。集会でそんな話はなかった。やつはやった、報いは受けた！　ところで君は……君はどうしてグリゴリアンを弁護するんだい？」

「その質問に答えるのは、君が答えてからだ。君はあのとんまに隠しインクの秘密を教えたのか、それともただ手紙の発送を〝妨げた〟だけなのか、彼には知らせずに……。でなきゃどうして校長の手に入る？」

「自分で校長に聞けよ！　明日もまたスペクタクルがあるようにな！」

「いいか、おい、でぶ君」とホリア・トマは顔をさらに暗くした。「冗談にもおれにそんな話しかたをするなよ。おれに唾をかけるスペクタクルか、そんなことはできんぞ、お前にも……ほかのトランシルバニア人にも、アルブみたいな……」

「でも私もトランシルバニア人よ」とジュスタが飛び入りした。

「君のことじゃない、はっきりしているから。言ったのはさ、ぼくのスペクタクルで……」

「何がはっきりしているの？」と食い下がるジュスタ。

「詳しく話すよ……いずれね、今はコヴァチが相手だ。でぶちゃん、おれを壁に立たせて唾をかけるスペクタクルなどはおまえにはできんぞ――おやじは労働者だ、おれも労働者だった、党員で……。ここに気を付けるんだ、党員と元労働者の資格で言うんだ、この汚らしいチクり野郎！」

「今に見ろ……。ぼくは校長に会いに行く」とコヴァチは立ち上がった。

「ほら、ドアは向こうだ！　行けよ、おれのことをチクれ――おまえのことは次の集会で裁こう。だっておまえには隠しごとがあるからな、でぶ野郎、臭え野郎！　最低のチクり屋！」

コヴァチは汗だくになって、消えた。ジェメ・ザンフィレスクは苦い笑顔で、

「トム、でぶに激しく当たり過ぎた気がするよ。いずれにせよ、グリーシャは終わりだ」

「次には君も終わりになるぜ、お利口さん、おれたちがめえめえとも鳴かずに屠殺小屋へ引っ張られて行くならな！」

「めえめえならおれたちも鳴いた」とぼくは言った。「でもおれたちを殺す羊飼いに対してじゃなくて、壁の羊に対してね……」

「君はな、ずる公」とトマはぼくに顔を向けた。「今までめえとも言わずに身をかわしていたから大丈夫、と思うんじゃない！　いったんホーラの踊りの輪に入れば……」

「つまり〝ホーラ〟がどうしたって言うの？」とジュスタが口をはさんだ。

「いいか、こういうことさ！」とトマは立ち上がった。

「本題に入る前に、ズボンをはいてもよさそう」とトリア。

「どうしてだ、君のジュスターリニズムがきまり悪がるか？　落ち着けよ、テーマは優しくいまだ花咲かぬ君のことじゃないから……」

「わあお！」とトリアは耳を押さえた。「じゃあなんのことを……？」

「あとで話すよ、いつか君にも見せるよ……」と言いながら、それでもトマはズボンをはいた。「よく聴けよ、この、愛する同志諸君よ！　一体全体なぜ、党がおれたちを選んで、文学分野における献身的活動家に仕立てようとここに集めたのか？　これが質問だった、では回答だ。党がおれたちを信頼しているからなんだ！　身上調書で確認し、才能を調べて、明晰に決定したのだ、われわれが善良、清潔、献身的、有能であると……」

「そうして、けつは清潔」とジェメが口をはさむ。

「だまれ！」とトマはごつごつした手のひらでジェメの頭をぱちんと叩いて、続ける。「そこで気がつくのだ、おれたちは何をしているのか？　党に逆らっているんだ！　つまりわれらの共産党は誤っておれたちを選び、栄えある魂の技師となる任務を委ねたんだ……」

「おい、トム！」とジェメが止める。「集会は終わったよ、やれやれだ」

「だまれ——これは第二部さ、要約版だ……」

ぼくはだまっている。ほかの〝聴衆〟に目をやる——みんなも落ち着かない様子。トムは酔ってるのか？　冗談か？　本気か？　もし明日彼が壁に立たされて、ぼくらが唾をかけざるを得なければ、そうして風が吹いて、唾が自分の顎にかかれば？　あるいはこれが——結局のところコヴァチがグリゴリアンにやったのと同じトムの挑発で、明日、このうちの誰かが壁に立って、そうしてトムは、彼のこの検証質問にぼくらが何と答えたか思い出させようというのか？

そんなはずはない、はずがない、とぼくは胸につぶやいていた——三か月で友だちは分かる——一緒にサッカーをした、おしゃべりした、政治的な小話（ロシア娘について）を披露した、飲んだ……。で、もしもトマが自殺を考えているなら？——セクリストの暴露については、言えないようなひどいことを言っている……。彼の問題だ、さっさと自殺すればいい、お勝手に、だがなぜぼくたちまで巻き込む？……いや、そんなはずはない。三か月一緒に暮らして、もうこの年で、間違うはずはない（あるいは——間違えてはなるまい）。たしかに彼は党員だ、しかしぼくらは党のこと、ロシアのこと、セクリストのこと、〈教授連中〉のことをさんざしゃべって来たではないか……。

「聞き違いでなければ」とトリアが言う。「君は密告屋たちを密告しようと言うのね！　われわれのところから外そうと！　脅してやろう、われわれの方から、と！」

「いいじゃないか！」とジェメ。「アルブなしのこの世界ぐらい嬉しいところがあるか？　コヴァチもなしの？」

「口だけだね」とぼく。「校長のところへチクりに行けるかい……アルブのことを？」

「えい、何で？　必要なら、行って悪いか？」とジェメは笑う。

「大義のためになるなら――チクりましょう！」トリアが言う。

「静かに、静かに」とトマが制する。「チクり合いを始めたら、魂の技師になれずじまいさ、親愛なる同志諸君よ！」と言ってウインクする（だれにしたのか分からない、彼は斜視だ）。「やれやれ、まあ聞けよ――党は君らにそんなことを望んでいると思うのか？」ここでぼくは脇腹に痛い一発を食らった、ジェメと一緒ににやにや笑ったから。「いいか、違うぞ！　何回でも言う、違う、違う！　わが党は――要するに、上の指導部は細かいところまでは、例えばここで、ウジ虫学校レベルがなにをやっているか知らない、知る義務もないさ！　でもおれたちは知っているんだ。できものをそっくりそのままで幹部の検証の編み目をすり抜けた小悪党どもが、それをもっとよく隠すために――やっていることをな。馬鹿野郎さ、でもそいつらはこれをやるんだ、密告をな！　警戒怠りないふりをする――あいつらは！　他人の身上調書を黒くすれば自分のを白くできるだろうというわけで！　どっこい、そうは行かねえ。今までのところは、アルブやコヴァチの手合いはうまくやった。意識的党員たるわれわれの義務は、非党員でも労働者階級に献身する者の義務は、病弊をたたきつぶすことなんだ。〝ぺっ、くたばれ、まだ他人をチクって自分のできものをかくそうとするやつら、おれがお前をチクるぞ〟」

「すてき！」とジュスタが手を叩く。「それが正しいわ。私はこう提案したい。彼らを予防のために告発しよう、アルブとコヴァチみたいな腐った分子を厄介払いしよう……」

「トリアよ、こうしよう……」トマはジュスタを抱き寄せる。「おれは正党員で――君は……今のところ非党員、編集部への投稿者なみだが……。わが党を信じているのか？」

「わたしがあ？　何を聞くの？　いらいらするわね！」

「分かっていたよ――では、おれは君を分かっている、君もおれを分かっている、だから待て、お行儀よく、その時になれば言うから――今のところは、チクり屋をチクるのじゃない、ただおどすだけで……」

「で、もし党が解決するのを待たずに私がぶったら？」とジュスタは言う。

「いい考えだ！」とジェメが飛びつく。「布団をかぶせようぜ」

「イラクサでお尻をなでてやれ」とジュスタが細かいことを言う。

「きみはコヴァチのお尻に触れるかい、イラクサを使うにしても？　ぼくにはどうもちょっと……」

「大義が求める時は……」

「ブラボー！」とホリア・トマが笑う。「君は革命家だ、……ジュスタ（正義の女）だ、あいつの言うように（とぼくを指す）。それが人をぶつところまで落ちるか」

「大義よ！」ジュスタは肩をそびやかす。「チクり屋なんて人間じゃないわ！」

「でも暴露屋連中は……原則から――やっぱり大義のためじゃ？」ぽろりとぼくの口から洩れた。

ジュスタはきらりとにらみつける。ぼくははっとして待ち受ける、張り倒される、目をえぐられる、とあきらめて。

トマが助け船。彼女を抱いて頬ずりし、髪を撫でる、肩甲骨へ……。

「さしあたり、正義派が何人かいる――結局のところ、女は一人だけだ、でも人心地がつくように手伝おうぜ……」と頬にキスする間に、トマの手は腰まで降りた。

「でもいつよ、いつ？……」と手でトマの手を押さえてそこでストップさせながら、ジュスタは言う。

「いつよ、いつ？……」

半分遊びだと分かっている――あるいは七分通り――でも残りの三分でぼくはなんとか落ちつく。でもそれはとりあえずのことだ、というのは、結局、暗闇で横になると、またジュスタが怖くなるのだ。

本当のところ、グリゴリアンの暴露にはあまり正義はなかった、いや少々その反対ですらあった――だがほかの人の時は？　セクリストの時は？

5

それは三週間前のことだった。ぼくらはやれやれまたか、という気分で大教室へ向かっていた。またもや一晩、連中の悪臭を放つ会議で台無しか、臼の中だけで水を夜中過ぎまでかき回して！　ぼくらの学生生活は初日から相当なスピードの詰め込みだった。午前中は講義とゼミが六時間――午後はまたゼミと特別講義が六時間、これが週五日（土曜日は六時間〝だけ〟）続く。また夜は夕食後に集会に召集されないことはまれだった。原則として土曜午後と日曜終日は自由だが、読んでおくべき〝文献〟が、特にマルクス主義のゼミでは、あまりにも膨大で、自由な時間は残らないほどだった……。何人かのガリ勉は夜二、三時間しか眠らず――翌日は授業によってはこっくりだった。ミッシャ・ノヴィコフ（われわれにとって一種の校長だった）に訴えるものもいた。〝過密プログラム〟について（そんな不満は……イデオロギー的誤謬を意味しよう）ではなくて、**文学**を読む時間がない（われわれは文学学校なるものの学生であった）という事実について、そうして書く時間などまるでないという事実についてだった。――だってわれわれは〝将来の人間の魂の技師〟なのではありませんか？　ノヴィコフはそれに〝答えて〟、百回も同じ話を物語るのだった。ブルジョアジーの監獄の中で同志たちはどのようにして学び、どのようにして書いたか……。何も関係ない、われわれのいるところは監獄の中ではない、いわんやブルジョアジーの監獄ではない。われわれは初めて読み書きを学ぶ同志たちのようなＡＢＣの勉強をしているのではないのだ――でも今さら何が言えよう？　この殺人的プログラム（難しいというのではなくて……びっしりで、もうへとへとになり、他の何をやる時間も余力も奪われる）を、ぼくは一ヶ月あまりがんばった。そのあと、学生（それもエミネスク文学学校の学生！）になってから、本を一冊も読み通していないと気がついた……。その時から適当にやるようにした。授業中に（むろん素知らぬ顔で、用心に用心を重ねて）読み始めた。（だが、やれやれ、一番退屈で無益な政治の時間じゃなくて、言語学、ルーマニア文学史、そうしてしまいには〝勇気を奮って〟ロシア文学史の時間に読んだ。だがソビエト文学史は絶対にだめで……）。

というわけで夕食後、うんざり気分で大教室へ行った。本を一冊も持たないから、いよいよもっておもしろくない……。ぼくも、親しい学友たちも、どういう日程になるのか知らなかった。結局のところ、無関心だったのだ。どうせ時間の無駄さ……。

ところが、大教室に入ると、議長席の隣に一つセクリターテのユニフォームが見えた。ああ、いや、廃校予定の二年生の〝学友たち〟のユニフォームではない。学生のかたわら内務省出版物の編集部にも〝勤めている〟(つまり、ジャーナリストかつ作家……内務省)セクリターテの役付きが六人ほど(中には女性も一人、クリナだ)いて、彼らも会場にいたが、今は私服だった。けれどもまだ若い、とんがり顎の、首の太い男のユニフォームは……階級章に詳しいのがいて、あれはジェネラルだと教えてくれた。

セクリターテの高級将校がぼくらのところへ、文学学校へ、〝作品分析〟の会議(そんな風な通知だった)へ何しに来た? 確かに、最近、何やらひそひそ囁かれていた。誰かが、何かやったと——だが、あまりにも〝不自然〟な話なので、ぼくもでたらめだと思っていた。つまり二人の学生セクリストが、体制・について・何か言った・と……。ありえない。非セクリスト体制・について・何か言っていた・のだ。セクリストの役割と意義は、まさに何か言う者を〝暴露〟し、監獄送りにすることなのだから。ちょうどその晩も、食堂で、ホリア・トマにセクリスト学友についての噂は本当かと訊ねたばかりだった……。ザンフィレスクが口を挟み、トマは問題を抱えているのだから放っておいてやれ、と言ったが……。

議長団が構成されて赤いテーブルの向こうに座る。中央に校長ペトレ・ヨシフ。その左にノヴィコフ。右にジェネラル。ジェネラルの右に、たっぷり一人分空けて、学校の党組織の書記でアポストルとかいう、やはり学生セクリスト(ただし私服)。

さて被告たちだ――知らない顔でもなかった。休み時間に廊下で見かけることがあった。私服だが、明らかにだぶだぶで、ちょっとしわがよっている。青ざめ、しおれ、つらい諦めの表情。議長席と最前列の椅子の間の壁際に立っている。

ぼくは最後列の椅子に掛けていて、二人の頭と胸の一部しか見えなかった。

校長が開会を告げ、ジェネラルにどうぞと発言を求める。

ジェネラルが発言する。長々しい説明（〝国家諸機関の任務〟）のあと、われわれに告げて、〝刑事罰調査は終了し〟、〝また内務省筋の処置が取られ〟、〝党籍剝奪処分が完了した〟、ただし……〝学校方面においても、元学友列席の上で、諸状況を精査することが必要と考えられる〟……。

「質問があります！」とジュスタが手を上げ、起立して、ジェネラルがいらいらした一瞥を投げたのも構わずに、続けた。「刑事調査も、内務省筋も、党の方も――すべての処置がとられたが、しかし学校関係はまだなのなら、なぜ〝元学友〟と言われたのですか？　同志ジェネラル、あなたが彼らを〈文学学校〉からも除名したのですか？　そうして、あなたがもう彼らを除名したなら、この会議はなんの意味があるのですか？」

「はっきり言ったではないか！」ジェネラルは手でテーブルをばたんと叩いた。「君は諸状況の精査に反対を表明するのか？　君の名は何と言う、この裏切り者どもを弁護するのか、この癩病どもを……？」

トリアは発言を続ける意志を示そうと手を振っていたが、ジェネラルが無視するので、パチンと手を叩いた。ジェネラルはどきりとして口をつぐんだ。ジュスタが言う。

「同志ジェネラル、あなたはご覧のはずです……」ジェネラルは憤然として校長の目を探ったが、校長は聴くように、トリアに耳を傾けるようにと首を振った。トリアは続ける。「あなたがよくお気づきのとおり、私は質問したのです、賛成とも反対とも表明してはいません、なぜならば、私も、この教室にいる学友たちと同様、どんな事件なのか全然知りません――どうぞ一人の女性同志の発言を遮らないで下さい！　そしてどうぞ、もう拳骨でテーブルをたたかないでください、ここは兵営ではありません、あなたがいるところは高等教育の場です、しかもどんな場かというと……」

ジェネラルは憤然として校長の方を向き、身をかがめてノヴィコフの視線を覗き込む。だがノヴィコフは笑う！　そうして校長はまあ待ちなさい、と両手でジェネラルに合図する……。その代わりアポストルはどんどん縮こまる一方……。

ぼくらも椅子をがたがたやり始める。だれかトリアに囁くのさえいる、いや、結構大きな声で。

「やれよ、トリア！　いいぞ！　そうだ！」

「なんだ、一体？」と言うジェネラルは呆然として、額に汗を浮かべている。「叛乱か？」

「同志校長先生！」とトリアはペトレ・ヨシフに問いかける。「どうして同志訪問者に説明しなかったのですか、どこを訪問するのかということを？」

ペトレ・ヨシフは訳が分からぬまま首を振る。だがノヴィコフはジェネラルに大きくかがみ込んで説明する。彼のルーマニア語たるや、ひどいロシア語訛りだ。

「ちゅまり、ここはにぇ、ミハイ・エミニェスク文学文芸批評研究所でしゅ！　ちゅまりここにいるのは未来の現代作家の宝、彼らは非常にリアリズムで、まさしく労働者人民の達成をごくリアリズムに記述するのでしゅ！　同志スターリンがいみじゅくも言ったように、にんぎぇんの魂の技師であり……」

「まだ何か付け足すことがあるかな」と校長がそれを遮ってトリアに、「時間が経過する……」

「付け足しではなくて、質問です――同志ジェネラルに質問します。この会議の間に、もしやある種の秘密が暴露されはしませんか……専門的な？　内務省の？　それこそ国家機密が？　もしもここで、機関に属さぬわれわれが、国家機密保持のためには知るべきではないような事柄を聞くことになるとすればﾞ？」

「ああ、そのことかああ？」ジェネラルの顔が晴れ、笑みさえ浮かべる。「なんでそう言わなかったのかね、女性同志？」

「言わせなかったからよ！　拳固でテーブルを叩いたからよ！」

「だがわしは拳固で叩きはしなかった……」ジェネラルはまた助けを求めるように校長の視線をさぐる。「ただ、ちょっと、平手でな……」

「平手でも、拳固でも、お断りです、そんなものは体制の敵に対して使いなさい。あなたが許しがたい手段をとっていると叫ぶみんなに対してではなく。私が言いたかったことは以上です！」

そうしてトリアは腰を下ろす。死の静寂。ジェネラルは何度も首を振り、それからペトレ・ヨシフの耳になにやら囁き始めた。校長は身振りで落ちつかせようと、何かを保証しようとしている。ノヴィコフが椅子から立って、二人の間に首を突っ込んで、しゃべる、しゃべる……。

「私の身上調書はそちらにあるでしょう！」とトリアが声を上げる、もう立ち上がりもせず。

「どうぞ、さあ、議題にもどりましょう」と、校長は落ちつかず、びくびくしている。「同志ジェネラル、続けて……」

だがジェネラルはノヴィコフと議論を続ける。ひそひそ声で。だがノヴィコフのささやきはだんだん高くなり、今は言葉がちゃんと聴き取れる。

「いけましぇんな！　私はあの女性同志を知っている（と会場の方を、無論トリアを指して）、献身的な同志で、誠実でしゅ、だから誠実なやれ方で問題をだした！　いけましぇんよ！　私は十二にぇん間ファシストのかんぎょくにいた。同志ジェニラルよ、貴公は私がドフタナ刑務所にいたとき、どこにいました？　何歳でしゅか貴公は？」

「さあ同志たち」とペトレ・ヨシフはようやくノヴィコフを席に帰らせた。「同志たちよ、議題だ……」

残念ながら、〝議題〟だ……。会場の後方のぼくらはみんな、論争を一言も聞き漏らすまいと伸び上がっていた――打ち切りとは残念、楽しめたのに、清涼剤になったのになあ……。そら、あの壁際の二人も、今さっきまで唇の隅に微笑の切れ端を漂わせていたけれど、それが消えた。

希望と背中合わせの恐怖が、ぼくの胸の中に居座っていた。それともどこに、背中にかな？　トリアが校長と意を通じて、ノヴィコフに応援されて、演じたオープニング・サーカスはなんのためだったのか？　もし結局ここへ、**これに**、議題にたどり着くのなら？　この手の〝精査〟集会は全部、こんな具合に運ぶことになっているのか？　会場の誰かが跳ね上がりをやる、許せないと、そうして議長席の別の誰かが許容する（あるいは逆でも同じようなこと）――何を？　テーブルを拳固で叩くことを？　セクリターテがこのような〝許しがたい手段〟を用いる（〝たとえ体制の敵に対してでも〟）ことを許容＝容認しないことか？　じゃあそれでどうなる？　セクリターテはどんなことでも敢えてやる（ぼくに質問するかもしれぬ――とんでもない、ああ、透明人間になれれば……）。ところでノヴィコフ、たった今、何かを〝ジェニラルに許容しなかった〟ノヴィコフが、どういうことか、壁の二人に向かって雷火を浴びせているではないか、セクリストではない、もはやそうではなくなった二人に。それにトリアを見ろ、たった今ぼくらに、そうして壁の二人にも（予告された糾弾裁判が起こらないだろうとの）微かな希望を持たせてくれたトリアは、あんなに〝元学友〟（事実、去年は学校で彼らと同級だった）を引き裂き、踏みにじっている。

吐き気がこみ上げた――恐怖から。恐怖は――**彼女に**、吐き気は――自分に、もし自分が発言した場合、自分も言ったかもしれないことに。――そうして壁の二人をもし自分が知っていなかったらどうか？　なんだ、ヴァシレは二人を知っているのか？　あるいはミカは知っているのか？　本当のところ、ジェメもトマも二人を知っていた。だがしゃべっていたのは、結局は知らないことについてだった。ああ、そうして特にトマだ、そう見えた彼……。だがそう見えなかったものが——ほら、今、正体を現して。

二人の罪についてぼくは断片的にしか理解していなかった（二人ともいい歳で、結婚して子供もいることが弾劾の中で分かってきた……）。ふらふらして、あきらめて、打撃でぼうっとなっている二人の答えは、ほんの切れ端しかつかめなかった。ところが、集会が進行するにつれて、そこに、壁際に、議長団席と一列目の学生の間に次第にはっきりと**見えてきた**のは標的人間だ、唾を吐きかけるための案山子（かかし）だ。

それがぼくの初めて出席した法廷であり、グリゴリアンのが二度目になる——それから、休止のあとで、ぼくの番が……。トマが警告してくれていたのは、ぼくは二回まではうまく逃げおおせた、だがもうそうは行くまいと。だが彼にどうして分かるはずがあろう、（それはぼくにも分からない）〝次〟にぼく自身が壁に立つなどと。とにかくあのとき、セクリスト裁判で、あれほどの平手と拳のパンチに耳が痛くて（ぼくも痛かった——多分そのために発言者は発言したのだ、彼らは耳が痛くなったから、そこで唾かけ案山子にパンチを浴びせた）、ぼくは呻き始めていた。お母さん！　ぼくは十九歳になって、毎朝髭を剃る背高のっぽで、恋人も一人いた——でもお母さんと呼んだ。ぼくは自分でもたくさん試煉を経た、避難と森の中の逃走、それから強制収容所、それから十三歳から十四歳過ぎまでの間はたった一人で過ごし（両親とも逮捕されて、ぼくは難民で、ルーマニアには一切れのパンと一夜の毛布を出してくれる伯父さんのようなものさえいなかった）、それから十五歳では逮捕され——たしかに一週間だけだが——十七歳でまた逮捕——たしかにまた……一週間だけ**あそこへ入り**——そうして今、大きな男になって……未来の作家として、集会とかいうもの（そこで〝教育〟されているのは大馬鹿野郎のセクリスト！）に出て、耐えきれずに、お母さんと呻いている……。

それが最初の法廷だった。グリゴリアンが次の集会で裁かれることになり——その次にぼくの番が来た……。最後列の隠れ家からじかに壁へ移った、不文律では今日の被告は昨日の告発者だったはずだが。確かに、ぼくはあそこで、最後列で、黙していることが怖くてたまらなかったし、自分が告発者になれば言ったはず、やったはずのことが怖かった。だからぼくは急いだ、やるべき告発者のステップを飛び越えて、壁に立った。本当のところ——そこに立たされた訴因（口実ではなくて）は犯罪らしい犯罪ではなかった。だから結論は〝人間の列から（学生の列からさえも）排除〟に至らなかったのだが、だからこそ訴因はなおたくさん並べられた。今ならこう主張することは簡単だろう。それらの罪をぼくは当時ある一線を越えないような形で処方し、計画し、組み立てたのだと。結局のところ、一九五六年の春（〝マルクス主義についての質問〟で）〝ぼくが犯した〟ことは、二人のセクリストとグリゴリアンの〝犯罪〟を合わせたより十倍も重大だった。しかしぼくは何も、あるいはほとんど何も、罰を受けなかった……つまり、その場ではなにも罰されなかったという意味だが……。とは言え、一方で、学友や教授連はぼくの〝無鉄砲〟ぶり（それもますます盛んな）に馴れてしまい、そこでまたやる度（たび）に、それがどんなにもっと重大なやり過ぎでも、**つい・口から・すぐ・出る**（学友たちのいう〝市民的な〟のバリエーション）〝欠陥性格〟で片付けられるか、あるいは……〝誠実な反動主義者〟（ノヴィコフ自身が言い出したバリエーションで、ぼくが十一月二十二日に逮捕されるまではそれで通っていた）のせいにされた。とは言え、ぼくは策士ではなかったし、賢明でもなかった。そうして、もちろん、（政治的事件に関して）情報に通じてもいなかった。けれども、本能的に、あのころの（政治の）さまざまな変化、逡巡、転覆に注目して（時には先取りして）いた。だから一九五四年に、「研究所」に入ったのだ。それはスターリンの死の一年後で、（あらゆる意味で）いい年だった。一九四八年[*6]以降で、初めて身上調書（ドサール）が決定的な重要性を持たなくなった年。一九五五年にロシア人がチトーと和解した――その時フルシチョフとブルガーニンがブカレストにも立ち寄り、二人が「研究所」の前を車で通って隣のソ連大使館に入るのをぼくはこの目で見た。それからソ連ルーマニア合弁諸企業のルーマニア側による〝買い戻し〟（どれほどの経済的価値があったかは知らないが、シンボリックな価値を感じた）。それから、ジュネーヴ会議と多数の政治犯の釈放（哀れ、すぐハンガリー革命勃発で再逮捕されるが）。でもこれらの政治的事件の意味が飲み込めなくても、**文学的**事件の意味は見当がついた。〝悪党アルゲージ〟が一九五四年には児童向けの本を出し、一九五五年には『一九〇七』を出版していた――しかも第一級国家賞さえ授賞した！　同じ年にルチアン・ブラガが『ファウスト』の翻訳を出版したという事実そのものも、もう以前とは違うというサインだった。同様に、マリン・プレダの大作『モロメテ家の人々』（一九五五／一九六七）となると、遂に、最初の**非**社会主義リアリズム小説だ！　それから当の〝悪党〟アルゲージとトゥードル・ヴィアーヌ（世界文学史のぼくらの先生）のアカデミー入り――これが**サイン**でなくてなんだ？　また一九五六年の初めには、ルチアン・ブラガにノーベル賞候補ノミネートの噂があった。噂にすぎないとしても、〈作家工場〉に流れていたのだ。これは状況改善のサインではなかったか？

だがあの一九五四年十月末の一夜、例のセクリスト二人の法廷では、ぼくは諸事件からも（すでに起こった事件にさえ）、それらの活用（もう一度いうが、本能的な）からも、縁遠かった……。ただびくついて、お母さんの胸にすがろうとしていた……。多分あのとき、グリゴリアンの〝精査〟の際よりもっと強く感じ、感得したことがある。それは、結局のところ一番安全で立派でさえある場所、それは被告の役割、唾受け（もしくはトマの言う小便受け）の役割で立つ壁際だということだ。多分あの時ぼくは、壁に立たされたということが処罰ではなく、一種の承認であり、補償なのだと理解していた。言い返せ！　やり返せ！　という条件で。それは必ずしも報復ではなく、唾を吐きかけた奴に吐き返すためではない。奴らがお前にかけようとした泥をぶつけてやるためではなくて、……そう、ちょっと揺すぶって、目を覚まさせるためだ。「おい、どうしておれに唾を吐く、おれが君に何をした？」それから「気をつけろ、おれはお返しもせずに黙ってがまんしていないぞ。おれを一発なぐれ、するとおれから一発食らうんだ。おれのことで嘘を言え。明日はお前がおれの場所に、壁に立つだろう、他人の嘘を〝根拠に〟な！」

しかしあの集会のあの時までは……。痛む耳で、セクリストたちのいわゆる〝犯罪〟の暴露に耐えていた。それは――

授業中に――おまけにマルクス主義の時間だ！――〝党の言葉〟に耳を傾ける代わりに彼らは何をしていたか？ いいか、親愛なる同志諸君、これら〝醜悪な分子〟はメモを回していた。それもなんたるメモか！ そこで講義されている党の言葉に〝敵意あるコメント〟をしていた！ だが、〝メモ飛ばし〟の他に、この〝凶悪な敵ども〟は、この〝羊の皮をかぶった狼ども〟は、ノートを使って話し合っていた――さあこれだ！（〝やれやれ、なんたる阿呆ども――セクリストだと分かる〟。）ほら、たとえばなんと書いているか、親愛なる同志諸君、マルクス主義の時間にだぞ、こう書いている――〝空気が吸うに耐えない〟。何事か、〝吸うに耐えない〟とは？ だれにとって〝吸うに耐えない〟というのか？ つまり、社会主義建設に励む都市・農村の労働者の熱狂的雰囲気の空気が吸うに耐えないと彼らは言い張るのか？ さらにこうある――〝ポベーダという自動車は、実は、オペルだ〟。なんと、同志諸君、〝ポベーダがオペルだ〟って？ つまり、ソビエト人民の天才はソビエト自動車を作ることができないというのか？ これは、世界最先端のソビエト科学技術に対するはなはだ重大な侮辱である！ いや、もっと重大だ。このわれわれが暖かく育てたウジ虫ども、毒蛇どもは、ソビエト連邦が……要するに、ヒトラー・ドイツの特許を、さらには工場そのものを受け継いだのだとほのめかそうとする。これは周知のとおり、真っ赤な偽りである！　ソビエト連邦はだれからも針一本も取らなかった！　逆だ——与えたのだ！　さあ、まだどんな恥知らずなことをこの……この人間の顔をした怪物どもは書いているか読もう——〝人々は蜘蛛の糸に捕らわれたように感じている〟。こんな文句で何が言いたいのか？　どの人々か？　どの蜘蛛か？　もしや……だがわれわれはその言葉を口にすることすら出来ない、つまりわれわれの党が……。だがここにいるこの被告らは、このノートで、通信を二人の間でかわすだけではなかった。いや、他の人間の前でも自分たちの敵意ある、誤った、有毒な考えを表明し、中傷的な言明をしたのだ。彼らはそのメモ用紙を破ったが、われわれが記憶でそれを再構成した。引用する。〝コーヒーがない〟まるで、額に汗して明日の社会を建設しているプロレタリアートがこの……資本主義の麻薬がなくて苦しむとでもいうように！　さらに引用する。〝集団化は重大な過ちだ〟同志諸君許されよ、もうたくさんだ、こんな……。農業集団化、いみじくもある作家同志の言った〝垣根なき畑〟が、ヘクタール当たりの収穫を少なくとも十倍にするであろうことは、最も悪意に満ちた敵でも理解している。今やわれらの農民は、トラクターが何でもやってくれるから、朝早くから夜まで働いたりはしないという事実を計算に入れなくても！　ここにまた悪口がある。〝ロシア女性の……〟——要するにこの悪口はおよそこんな意味だ。帝国主義の攻撃からわれわれを守るためにこの土地にいる同志ソビエト将校たちの同志伴侶たちは、つまり、引用する。〝服装のセンスがなく、ブラジャーが何に使われるのかも知らず、また……〟。親愛なる同志諸君諸嬢への敬意のゆえにこの……この侮辱、つまりソビエト女性は婦人用パンティを知らないというくだりは飛ばして、別の悪意そのものの言明を引用しよう。こうだ。〝世界で初めて義足で操縦したパイロットはメレシエフではなかった。最初の人たちの中にはルーマニア人バンチュレスクがいた……〟疑いもなく、これは解放者ソビエト空軍に対する重大な侮辱であり、歴史的事実の偽証で、かつ……。

〝引用〟は議長席から——正確にはジェネラルから来る。彼は〝書かれた証拠〟、〝記憶による再構成〟(だれの記憶?)を保管している。〝回想〟が会場から、学生らから、壁に立っている二人の学友から追加される。時に尖った声の長いセンテンスが聞こえる。

「某被告は私に、直接この私に話した、今の妻と初めて寝たとき、彼女はパンティをはいていなかったと。——恥ずかしげもなく同じ意味で同志ソビエト女性たちの悪口を言うとは呆れたものだ!」

この文句があの口から出たと納得するのに何秒もかかった。あの……頭から出たとは。その三週間後、グリゴリアンも下着のことをあげつらわれた。ただ違うところがあった。その下着は〝被告〟のもの、つまり指定された唾掛け案山子、そこの壁に立たされた小便受け、だれもが唾を、小便を掛けることができた、その……標的人間のものだ。ところがセクリスト裁判の場合は、青い肩章つきの被告だれかの下着の話ではなく、おお、ある女性の(存在しない)パンティのことだった。彼女は二度も汚され、唾を掛けられたわけだ。二度目の今回は自分のいないところで。そればかりか、やれやれ、告発者は女性だった――ママにすがらずにいられようか？　これでもぼくにジュスタが怖くないわけがあろうか？

一度だけ――それもちょっとの間だったが――ジュスタが怖くないことがあった。一学年の終わりごろ、ヘラストラウ公園のレストランを飲み歩き、みんな相当酔っぱらった。ぼくが一番正気だったから、そこでホリア・トマのスポークスマンのジェメ（トマはぐでんぐでんで湖岸の植え込みの中で眠り込んでいた）が、ぼくにトリア（彼女もへべれけだ）を寄宿舎まで送る役を任せた。〝御本尊〟が信用するのはぼくだけだからと言うわけで。とにかく、別れ際に、ジェメはぼくの腕にすがったトリアのほっぺたをつつきながら、ぼくに大声で注文した。「よう、彼女とやるなよ、トマがかっかするからな！」トマが心配することはないなどとわざわざ請け合うまでもなく、ぼくは公園を突っ切って歩き出した。

けれどもかわいそうに、娘は足元が定まらず、やっとぼくの腕にすがっていた。ぼくはため息をつき、心の中でトマに謝って、腰の後ろに腕を回した。この方が彼女には具合がよかったが、ぼくにもよかったわけではない。「ホリア」とつぶやいて、唇をぼくののどに這わせてくる……。ぼくがだれだか説明しようとする――だがあのときトリアは説明など聞いていなかった。ますます重くぶらさがり――

それからびっこをひき……。ベンチを見て立ち止まる。だがまずいことに背もたれがない、不良どもに背板が盗まれていた――いずれにせよ、トリアに背もたれは要らなかったが、ほかのベンチを捜した。すぐにはみつからず、トリアはもう歩くのはいや、眠りたいという。ホリアとだ。ほとんど抱きかかえて植え込みの後ろへ運び、草の上に寝かせた。

二十歩ほど離れると茂みのところに出て、ほっとした。ぼくもずいぶん飲んでいた、終始ワインだけだが。戻ってみるとトリアは乱れたワンピースから脚を膝のずっと上までむき出して仰向けにぐっすり眠っていた。

ワンピースを下げてやろうとして、ぼくは止めた。もし眠っていなかったら？　いや目を覚まして、ぼくが服をいじった、いや眠っているところを犯そうとしたとわめきだしたら？

そうしているがいい、風邪を引くこともあるまい――生暖かい夜だった。

ぼくも横になった。彼女の足元の草の上だ。ワンピースはまくれ上がっていたけれど、見えなかった。ないかどうかも。パンティの話だ。彼女ははいていたに決まっている。白かな？　青かな？　それとも紅か。とにかく色はどうでもいい。彼女は、トリアは、わが学友、正義の女ジュスタは、ポパだかフローレアだかの細君とは違って、はいている。彼女は、夫が壁に立たされるケースで、まさか夫の同僚女性（ひとりの義女！）の**示唆・監視・密告**で、衆目の前に呼び出され……披露するようなことにはなるまいな。

そのころ（一九五五年）まだパンティ着用セオリーはルーマニア女性に行き渡っていなかった。ぼくにしても行き渡るかどうかは知らなかったが、しかしセクリスト吊し上げのときのトリアの発言にぼくはうろたえた。パンティの（実際はノーパンティの）〝議論〟でひどく深刻に（かつ呆然と）動揺したために、ぼくはまだ、トリアが実際には（そうして内心では）、組織そのものである夫から、この通り軽く扱われている女性同僚たちの救援に立っていたのだということが悟れなかった。ぼくに残った唯一の印象、というよりイメージはこうだ。集会の最中に、トリアが起立して一枚のパンティを出して、見せて、頭の上で振り回し始める。なぜそんなイメージなんだ、罪は（罪だとすればだが）それがないことなのに？

トリア（あの正義の女）の怖さはそのままで、それにもう一つ不安が加わった。この娘は外見は女だけれども、いわゆる女性ではない。それもまだ処女（ホリア・トマがどんなに女にしようとしても）だからと言うだけではなく、言うなれば、器官がないのでは。穴が。

飲んだワインと溜まった疲れのためばかりでなく、大きくむき出して（だが結論を得るには不十分な）不揃いに伸ばした彼女の足元の草に寝たぼくは、わが学友はあそこをどうしているのだろうと考えていた。もしないならないで！　パンティで何を隠しているのか？　これが疑問だ！

いや、違う――疑問はこうだ――パンティがあるのか、ないのか？

答えは、言うなれば、手の届くところにあるのだった。もしまず考えをまとめて（最初の動き）――

次に彼女と一メートル（か二メートル）のところに並んで寝そべり――手を伸ばす……。彼女のどちら側に並ぶかによる（これは二つ半目の動き）、二と四分の三目の動きでワンピースをつかみ、そうして二と四分の三プラスピンポイントで、見られるはず！　彼女をではない――パンティを。つまり、もしあれば、パンティが見えたろう。でも、もしなければ、その場合は、覆いではなく覆われるものを見てどっきりだ……。

それこそ簡単さ！　と威勢づけに呟いた――ちょっとだけ上げるんだ。たくさんじゃなくていい、ひとりでにたくさん上がるから、ほら上がった、さあ見ろ！　もし目を覚まして、どうしてスカートに触るのよと詰め寄られたら、いかにも学生的に、確かにスカートに触ったが、まくるためじゃない、その反対だ、と言え。

で、もし目を覚まさなければ？　あるいは眠っているふりで触られるままにしていたら……？　眠っているふりかどうかは分かるだろう――ワンピースをまくり上げた途端に、両足がひとりでに揃う！　そうなるかもしれん、ならないかもしれん、なぜならば、非処女は脚をぐっと縮める、むき出されないようにするから――おぼこ娘はもっと……無神経だと大人は言う――男の子のように垣根を跳び越えるし、脚を拡げて椅子に掛けるし……。すると疑問は、トリアに関してはこうなる――すそをまくるとき脚を揃えるか？　なおその答えの先に、もう一つの疑問がある――すっかりまくったあと何が見えるか――パンティかノーパンティか。なおその先に、なお大きな疑問。ノーパンティならば見えることになる、トリアにあるのかないのか、穴は？　すべての女性と同じにあるとすれば最後に最大の問題——処女であるか、学友たちが、それに教授陣も、みんな思っているとおりに？　それとも彼女はぼくらがいつも言ったようなオールドミスそのものではなくて、そう思われているだけか？

ぼくは雑念をかみしめて、トリアと並んで草に寝た。静かな呼吸が聞こえている。眠っていた。

そうしてもしぼくが、言うなれば、ジェメがするなと注文したこと、トマがかっかするということを、ぼくがすれば？　もしオールドミスでなかったら目を覚ましもすまい、そうしてぼくは、トリアとしかるべくやったということを誰彼に鼻高々と話したりはしないだろう、あのトリアと。正しいやり方で〈エミネスク文学学校〉のすべての学生、教授を扱っているジュスタと……。

結構、結構、政治委員嬢の秘所探りに心が誘われなかったとは言うまい。だが、ルーマニア人の口癖で——なぜこのぼくなんだ？

ぼくは手を伸ばして、ワンピースの裾をつかみ、腿の上にかけた。下ろすとき体に触れて目を覚まさないようにして。

それから彼女の左腿に頬を寄せて寝た。

トリアは軽くうめいた。身動きした。右手はぼくの頭の上に落ちついた。

野草の香りに包まれてぼくはまどろんだ。

6

「ほら、ジュスタだ」アルマ橋を何歩か歩いたところで立ち止まる。

「ほら、あれ」――ぼくはいつも下のホームを歩く、それが一番快適だ、でも線路の間のちょうど真中へ移ることもできる。

「ほら、あれ」。橋は一つの駅だ。ぼくは一つの駅だ、ぼくの中をあらゆるレールが、あらゆる流れが、あらゆる屑が通り抜ける。そうだけれどちがう――ぼくがそれらを通り抜ける、駅駅を、橋橋の下を、その上を、その中を。そんなふうに駅の中に、橋の上に留まったまま通り抜ける。列車と列車の間、両岸の間に、またがってと言いたいが、実はしゃがんでいる。振り子になりたいのだが、気がつくとテニスボールか、それよりピンポンの玉か、台とラケットの間を二秒かけて、キジなみにきょとんと目を丸くしてばたばた跳ね回っている。呟いてみる。「おれは橋の上だ。渡りたければ向こうに渡る。渡りたくなければこちらに残る——自由なんだ！」そうして、渡る前に、そして残る前に、やっぱりあれだと悟る。「駅にいる。行きたければ今来る列車で行く、いやなら次のを待つ。さあ自由だ！」そうして言い終わらぬうちに、その自由とは両列車間恒常的停留のアリバイに過ぎぬと悟る。その昔、一九七七年、強引に列車に乗せられる時、心の中で呟いた。そっと、静かにするのだ、**やつら**にこの考えを聞かれないように。「完璧、ぼくも国を出たかったのだ、ただ方法がなかった……」。そうして、発車もしないうちに、これはやられたと気がついた。窓口で往復切符をよこす代わりに、**やつら**はぼくをトマトの箱なみに列車に積み込んだわけだ——だれかトマトの返送を見たことがあるか？

「ほら、ジュスタだ」ぼくはしばらく前から止まっている、このパリの秋に、終わりの始まりの終わりに。ぼくは止まっている、なぜ気取る振りを気取るのか分からない。ぼくはトマトだ、すでに発送の前に十分に熟していた、もう帰れない——ケチャップにでもなっていないかぎり。

「ほら、あれ……」——別のトマト。ぼくのうしろで不揃いな足音を立てる、踝を、膝を、腰を曲げて。ぼくを追って走る、ぼくは今度はもう逃げない。今度こそためらうまい、遅れまい、やり損じまい。ほら、彼女だ——そうして唯一の感情状態は、罪の意識。

「私に話してよ、私たち何をするの？」と彼女は言った。そうして、「何をしなくてはならないの？」と。

「ぼ・く・た・ち・が？　ぼくたち・ふ・た・り・で？」

　あのあとまだ自由だった三週間の間に、なぜ彼女に話さなかったのかという悔恨の鞭はあったか？　せめて、言おうという誘惑の鞭は？　思い出せない、なかったと思う。内務省監獄の地下房に入ったあと、友だち、両親、恋人、あるいはただの学友などを思い浮かべる孤独の折々に、トリアに〝呼びかけた〟ことは？　せめても、そうだね、何をする、何をしようか、と言わなかった。それを悔やんでいると打ち明けようとは？　彼女を守るためにこそ、ぼくの〝秘密〟を教えなかった、ぼくの〝活動〟を知らせなかったのだよ、と？　多分呼びかけはしなかった。確かにしなかった。

　二年と二箇月の間、ぼくはトリアを恐れていた。彼女はぼくがあだ名で描くとおりのジュスタ（正義の女）だったから。学部の二年では恐怖は薄れて……慎重さになった。彼女のジュスターリニズムも今では原則の打ち上げにとどまって、（他人に対する）暴露・糾弾ではなかった。だが、ぼくの頭に（も）セクリストの細君の（はいていない）パンティ暴露の件が刻み込まれていた。そうして、もしあの〝非妥協性〟がまた蘇ったらどうする？　いや、二年の時は本当はもう彼女への恐怖はなかったけれど、それでも**ぼく**は距離を置いていた。その方が世話がなかった。第一に、〈エミネスク研究所〉が廃止されてそっくりブカレスト大学の文学部に移り、彼女は女子学生として女子寮に、ぼくは男子寮にいた。第二に、彼女は文学評論のゼミに通い、ぼくは小説のゼミだから、出合うのは共通講義の時だけで、そこでは同年次の数百人の学生の間に紛れ込むのは簡単だった。第三には、ぼくの何人かの〝合法的ガールフレンド〟は、彼女と同じ寮だったり、彼女と同室の英文科のマルガの仲間だったりはしても、他学科だった……。結局のところ、二年次には彼女のことを忘れていたのだ。そうしてあの一九五六年十一月一日に突如として現れたのは、やはり以前のセクリターテ裁判の時そのままのジュスタだった。

「ねえ、何をする?」

「ぼくら二人が?」

その十一月一日に距離を置いたのは無意味だった。たとえぼくの画策を、他の連中との相談を、彼女に話さなくても、そうして言う気もなかったにしても……。連中の少なくとも一人がジュスタに話していた。でも彼女はぼくの口から聞きたかったのだ。だが何を? だって、あの時点では何一つ固まっておらず、ぼくも、他の連中も、反抗に熱くなっていただけだった。確かにハンガリー事件はそれまでと別だったが、やはり具体的な**何か**にまではたどり着かないまま、ぼくも他の連中と、周囲の全員と同じように感じていた。捜し・捨て、捜し・逃げ、そうしてまた捜し・隠れ——恐怖と勇気の間で、尊厳と慎重の間で、〝何かしなくては〟と〝だれかがやれ、なぜおれがやる?〟の間で揺れていた。まわりじゅうが沸騰し、熱いしぶきが跳ね、ハンガリーの動乱が気違いじみた励ましにもなれば(気違いじみた)落胆も呼び、〝ぼくらも〟を発見し、〝もちろんぼくらもやろう、だがハンガリー人のようにじゃなく〟を発見した。

一方ではハンガリー人に先を越されたという屈辱(彼らハンガリー人が初めてロシア人を知ったのは一八四八—四九年の三月革命挫折の時ではないか、だが、それは忘れてしまっている。ロシア革命後の一九一九年にはベラ・クーンに支配されたハンガリーを、われわれルーマニア人がボルシェヴィズムから救い出したのだが、彼らは忘れてしまった。第二次大戦では彼らは最後までナチス・ドイツの同盟者だったのに、ロシア人に占領されるとすぐロシアと組んだのではなかったか、おまけに、数万、たぶん数十万の〝ルーマニア人コミュニスト〟がいると言ってわれわれルーマニア人を〝祝福した〟。ありとあらゆる書記やら警官やら、ありとあらゆる役職者とセクリターテ、特にセクリターテのことを祝福した。その中の少なからぬ顔ぶれが北トランシルバニアでルーマニア人を銃殺し焼き殺し、ユダヤ人をホルティ派政治犯として移送したのではなかったか……。）

もう一方では、〝大いに結構、どうぞ始めてくれ、もしハンガリーでうまく行くならこちらもやってみよう〟。

ぼくはと言えば、ベッサラビアから避難したあと幼少期をトランシルバニアで過ごしたけれど、ハンガリー嫌いになってはいなかった。ところが、前の晩に聞かされたニュースには打ちのめされた。クルージュで、ルーマニアの三色旗〔国旗から人民共和国の紋章を切り取ったもの〕を持ったルーマニア人学生の一団がハンガリー人学生の陣取る場所へ行った。一人のルーマニア人が〝ハンガリーの兄弟諸君〟と言いかけたところで、〝お前は豚の兄弟さ、臭いルーマニアの豚野郎〟と遮られ、ルーマニアの旗をむしり取られ、踏みつけられ、ルーマニア人学生たちは罵倒され、追い出され、何人かは殴られさえしたという。何かが変だった。ハンガリー人とルーマニア人が衝突するときはいつも、今まではルーマニア側が、数では劣勢の場合でも、ハンガリー人をさんざんにやっつけたものだ〔自分のシビウでの、それから休暇を過ごした小さな村での経験から知っていたかぎりではそうだった〕。それなのにクルージュでは何が起こったのか？　聞くところでは、とにかく共通の敵はロシアだから、ルーマニア人学生たちは大手を広げて歓迎されると思っていた。そしたらハンガリー人は彼らを豚野郎扱いして、ルーマニア国旗を汚し、さらにはこう叫んだ。ルーマニアのハンガリー人に唯一の課題はアルデアル〔ハンガリー語のトランシルバニア〕、唯一の仇敵はヴァラフ〔スラブ語のルーマニア〕だ！と。さらに聞くと、この事件の直後にルーマニア人学生の多くがセクリターテに呼びつけられたけれども、この時はしごくていねいで、むしろお招きされたという感じだったそうだ。そうしてそこのセクリストの中にハンガリー人は一人もいなかった〔内務省幹部の四分の三以上がハンガリー系だったにもかかわらず〕。このルーマニア人セクリストは〝お客さん〟にコーヒーとタバコを、いやコニャックまで勧めて、ルーマニア人学生に目を開かせようと努めた。

「よう、革命をやっている向こうの兄弟が君らをどう扱うか分かったかな？　そう来なくちゃ！　いいか、お人好しのとんまな諸君、われわれの国を千年も占領して、われわれを車裂きにかけ、獣扱いにしてきたハンガリー人のことだ……、ちょっと歴史を知るがいい、一八四九年三月革命には、われわれを民族と認めるよりもましだからと、われわれとの同盟をことわって、結局革命が潰されたのを知れ。第一次大戦では、ルーマニア人、セルビア人、スロバキア人の権利を認めるよりも、国が滅びる方を選んだのを知れ――そのハンガリー人が一夜明けたら〝兄弟〟になれるなどと、諸君は一体どうして考えたんだね？　だがね、ハンガリーの彼らの騒ぎは、時たま反ソビエト、反社会主義のような姿を見せても、その実、「大ハンガリー」再建だけがかれらの目的なのだ！　ちょっと歴史を知るがいい。ヒトラーがチェコスロバキアを占領したときだ。早速南スロバキアとウクライナのカルパチア南部を手に入れたのは誰か？　ハンガリー人だ！　ヒトラーがユーゴスラビアを攻めたとき、すぐ駆けつけて北ヴォイヴォディナ地方を占領したのは誰か？　ハンガリー人だ！　その一年前にはトランシルバニア北部をわれわれから奪った！　諸君はそんな彼らと兄弟づきあいしたいのか？　彼らがまたトランシルバニアに手を伸ばすのを手伝うのか？　われわれのアルデアル、ルーマニアのアルデアルに手を伸ばすのを？　大ハンガリー王国再建を助けたいのか？　結局のところ、奴らは君たちにいいことをしたんだ、千年の間彼らハンガリー人の犠牲になってきたルーマニア人の血と汗を、君らは忘れかけていたんだからな！　さあ、君たち男の子は何をなすべきか……」――さあ、〝男の子〟ルーマニア人学生はなにをすべきなのか、その翌日、ハンガリー人はマテイ・コルヴィン〔ハンガリー王マーチャーシュ一世〕の銅像の前に集まる計画だった。――「歴史を知るがいいぞ。ハンガリー最大のこの王はもともとルーマニア系だったのだぞ！　君らもそこへ行け。つまりだな、ルーマニア人のマテイ・コルヴィンをハンガリー失地回復主義のシンボルにしておくのか？　さあハンガリー野郎、われわれはおまえたちの歴史を学ぶ、お前たちも学べ！　歴史だ！　諸君は安心しろ、たとえ、たまたま奴らが君たちに……わしが何を言いたいか分かるな、奴らのところにもわれわれの手の者がいるのだ、奴らハンガリー人に君らをなぐらせはせんよ……。それにセクリターテの備品の中からあれを少し渡そう、ほら、四十センチぐらいの長さの鉛パイプだ、こう袖に入れておく、一振りで……。さあ、どうだ？　明日十三時にマテイ・コルヴィンの銅像のところで会おう。きっちり片付けるのだ。失地回復主義の野郎どもをな。」

連絡役は心配していた。学生たちは、セクリターテの前では「分かりました、明日会いましょう」と言ったけれど、二人を例外として、みんな、行かないと決めていた。その大部分は、なんとか辻褄を合わせるために、一番早い列車やバスでもうクルージュを離れ、村々へ、親元へ、友だちのところへと散っていた……。だが〝中核〟は残った——それは〝もう一度やってみるため〟だった。銅像のところへ行き、ハンガリー人に「統一こそ力」と説得を試みて、もし彼らがまた愚行で来るなら、ただその場合だけ……その時にはハンガリー野郎どもに一切の落とし前をつけてもらうことになるだろうということだ！

別の連絡役は吉報をもってきた。ティミショアラではルーマニア人とセルビア人の間に軋轢は全然ない。ここではハンガリー人は問題にならない。たしかにある集会で〝発言者〟が数人セクリターテに逮捕されそうになったが、学生たちが解放した。でもどうやって？　細かいところまでは分からないが、確かなことは、追われた数人の学生が女子寮に逃げ込み、女子は、すごいよ、玄関にバリケードを作って、セクリストに手当たり次第やたら投げつけた……。だがティミショアラには一つ〝問題〟があった。そんな学生たちを支援するだけでなく、ある意味で指導していたのは、マルクス主義講座の助教授でハイドゥックとかいった……。これは何を意味するのか？　マルクス主義者がマルクス主義と縁を切ったということか？　あるいは学生たちの望みとはまるで違う方向へ彼らを連れて行くつもりかな？

ヤーシの学生も行動を起こしたという噂が飛んでいた。いやそれどころかブラショーヴの学生も。あそこには機械工学部と林業学部という二つの〝日陰の〟学部があるだけだが……。ああ、そうしてわれわれブカレストの学生だけが何もしていない、われわれこそ旗手となり、手本となるはずなのに……。そら、兵士まで。彼らはそんなことをしたら銃殺の危険があるのに。噂では軍事アカデミー大学で、飛行兵、海兵、砲兵の最優秀の学生らが何かやった、あるいは何かやろうとしたという――まあ、逮捕されたけれど！　なお噂では、ドブロジャのどうやらトプライサール駐屯部隊の一部が戦車で〝学生の応援に〟ブカレストへ向かったという話。ああ、そうさ、ドナウ川を渡る橋がないので戦車はヴァドゥル・オイの堤防で足止めを食った、戦車兵が現場で射殺されたか、それともどうなったか、まだ聞いていない……。クルージュからの噂では、やはりアパヒダ近くの装甲車隊がゲルラの刑務所を〝ぶち破って〟囚人を解放するために出発した（あるいはしようと考えた）……。

われわれだけ、ブカレストの学生だけは、何もしていない……。

「話してよ、何をするの？」

ぼくら二人が？　何もしない！　さてこの「何も」を、きみがどう解釈してくれてもいい。特にまっすぐ訊いてくれれば歓迎だ。認めるのは恥ずかしい、特にきみの、正義の、それも向こう側の正義の女の前では、もう一方の前では。つまりたとえぼくが何か知っていても、クルージュ、トプラサル、ティミショアラ、さらにはアパヒダで何があったか知っても、たとえぼくに何か学生以外のコネクションがあるとしても、やっぱり知らないのだ。実際、ハンガリーで炎が広がるにつれて、こちらで釜が沸騰し始めるにつれて（蓋があるからね……）、ますます分からなくなってくる。ぼくにははっきり見えないけれど、感じる。われわれは、ルーマニア人は、何もしないだろう、われわれの方では蓋がちょっとだけ持ち上がる——火傷しないように、われわれ三色旗側の間だけで沸騰するように。そうして、「何もしないだろう」のあと、いちいち説明するだろう——〝ねえ、クルージュではハンガリー人の失地回復主義の問題があるからやらなかった。ティミショアラではマルクス主義者がかき回したためにやらなかった。ヤーシでは、ロシアがすぐそばなのでやらなかった。コンスタンツァは——ブカレストから遠すぎる（それに堤防だ、やれやれ、堤防がなければブカレストへ進軍していた！）。みんなブカレストのせいにするだろう〟——〝あああ、ブカレストさえ始めていたらなあ……〟そしてもちろん、学生のせいだ。〝君たちが始めるべきだったのだ——始めさえすれば——おれたちが後を続けたろう……〟。ぼくにはありありとは見えない、だが匂う——たとえぼくら学生が始めても、大人たちがなぐるのはせいぜいポリスを二、三人、活動家を一人だ（セクリストは一人もやられない、あいつらはうまく隠れる、それどころか、なりすます……怒った市民や革命家にさえ！）。だがそれよりも大勢、この際とばかりになぐられそうなのは――部屋のことでもめているお隣、ボーナスを出さないチーフ、〝不当に〟出世した同僚……。

それから学生たちは……。何かやろうと決心した医学部学生たちはまるで子供だ！　いいかい、彼らは昨日、十月三十一日に予定を立てる、大学広場でのデモを計画する……十一月五日にやろうと！　この今、一秒一秒が問題なときに、計画するなら〝三十分後に〟でなくちゃなるまい！　だが彼らは、腰抜けめ――十一月五日だと！　それまでにどれほどのことが起こるまいものか――ハンガリーでも、ここでも（いいこともわるいことも）?!　その日までにセクリターテはデモを察知する時間がある、それどころじゃない、オーガナイザーたちとそのお隣さんの従兄弟からはとこまで、およそ〝参加する気がありそうな者〟を全部、逮捕する時間がある――当人がデモのことを知らなかったとしても関係ない、〝でももし知っていたらどうか？　われわれ当局者はそう問題を立てるのだ、というのは敵は現実にもいるし、潜在もするからだ！〟それどころか、セクリターテはいわゆるアンチ・デモを〝組織する〟時間さえあるだろう。たとえば――クルージュであったような――われらが聖なるトランシルバニアを欲するハンガリーの悪党に対するデモを……。それはこう〝組織される〟だろう――十三時三十分、講義が終わって学生が出てくるとき、いくつかの学部の玄関ホールに掲示――「大学部広場へ集合！」それだけ！　それだけ――すると学生と自称学生の間でどちらが先に大学広場へ着くか、競走が始まる……。あるいは……逆だ――セクリストが走って大学広場を占拠、学生は反対の方向への行進を強制され、その〝ゾーン〟では何もすることがない――その日も、続く日々も……何週間も……。

前の夜、夜半まで街を歩きながら話し、論争した――高校の仲間で親友だったセプティミウとだ。今は法学部学生で、彼も医学部に大勢知り合いがいて、最初の話し合いに加わっていた――五日の計画には彼も賛成しなかった――しかし彼には固定観念があった。軍隊だ――軍隊なしには何もできない、だから軍を味方に付けよう……。ぼくは「どうやって、お利口さん?」と訊ねた。「兵営の門を叩いて、〝今日は、ぼくはこれこれの学生です、ぼくら革命派に参加してくれと誘いに来ました〟とやるのか?」「それじゃあ徒手空拳でセクリストに対抗だな、内務省の治安部隊の連中は問答無用で撃ってくる。」「撃たないさ」とぼくはあやふやに言った。「彼らはぼくらと同じ年頃で、大抵は農村出身だ、ぼくらのように考える……」「ぼくらのように考える、だが**彼ら**のように撃つのさ!」セプティミウがぴしゃりと言った。「内務省の制服を着たら平気でぼくらを撃つ、そうして敵を片付けてもらったボーナスを田舎の家へ送るんだ!」「その通りだ、ぼくの方が君よりよく知っているよ。それじゃあどうする? ラジオ局を占拠すればどう?」と、ぼくは提案した。セプティミウは「ぼくも考えたね――でもどうやって? そこはセクリストとロシア兵が監視している――言ったろう、軍隊なしじゃ何も出来ないんだ……」

ところで彼もぼくも小学校の同級生に兵隊の一人すらいなかった。仮にいてもどうやって接触する、今兵隊は全員兵営に召集されている、内務省の要員は、将校さえ、武装解除されて(サーベルまで取り上げられた)、武器はソ連の兵営に移送、管理されていたのだ。

二人は冷え切って、意気消沈して別れた。できることはなにもない。

だからこそだ。その十一月一日、ぼくは自分が一体何をやるのか、それは分からなかったとしても、感じていた――とにかく何か、何かしら、やることを見つけるだろう、自分一人で。そうしてさらに感じていた――その〝結果〟は、革命の勝利ではなくて、監獄行きだろう。それなのに、どうしてトリアを引っ張って行くわけがある? 今はほとんど正義の女ではなくなっていたにしても。

ぼくはただ監獄入りだと決めてかかっただけではなく、気持ちの上で事前に逮捕の瞬間を体験していた。二つの世界の間にあるあの一片の時空の道程を体験し、ずっと先に起こるブカレストの捜査官たちとの最初の〝コンタクト〟(無論、物理的な)を体験していた。そうして自分の獄房を・予め・知っていた。まだ知らなかったのは、いつそれが実際に起こるのかということだけ。逮捕の理由、下獄の理由その他はどうでもよかった。理由などあげつらわず、さっさと決まりを付けたかった……。

逮捕に到る長い日々、それは復活祭の断食みたいに長かったが、その間ぼくは恥ずかしい、罪な、そうしてもちろん孤独な訓練に身を委ねた。講義中、大学の廊下で、学生食堂で、寄宿舎で、街で、〝隠密会合〟の時、学友のうちのだれが、よく知っているやつにせよちらりと見ただけのやつにせよ、だれが逮捕されるか(されないか)を**見よう**としていたのだ。何も基準はなく、直感だった。この時は直感が外れた。逮捕を危ぶんだ顔ぶれはだれも逮捕されなかった。そうしてよく会うが監獄では見かけなかったコヴァチ、タマラ・ドブロヴォルスキ、トリアらがやがて逮捕されるとは感じなかったのだ。セプティミウについては、判断が当たったと自分を慰めている。その十一月五日（それは彼本人も信用はしていなかった）が来るまでに二、三回顔を合わせた。最後の出会いを思い出す。中央図書館（当時はドゥンボヴィツァ河畔の裁判所ビルの中にあった）の風の吹きすさぶ階段だった。彼は学友の誰彼を、学生全体を、果ては〝この背骨のない民衆〟までを、散々やっつけていた。彼は最後に、俺はまだ兵隊を諦めていないと言い残したものだ。ある地方の軍の学校に〝コンタクト〟した。一つだけ難題がある、武器だ。だが俺は軍の学校の隣にある貯蔵所にもコンタクトしたぜ……。ぼくは耳を傾け、まじまじと見つめ、ほめ賛え、羨んだ。わが友よ、君は全体的無気力に、国民的無感覚に流されず、汚染されず、病みつきもしなかったのだね！　別れ際にぼくはいつものように聞いた。「今度いつ会おう？」いつものようにではなく、セプティミウは乱暴に、怒ったように応じた。「どうしてそれを訊く？　俺が逃げると思っているのか？　このおれ様が?!」――そうしていらいらと、そそくさと、姿を消した――それから八年か九年、一度も会わなかった。再会した時、彼は喜び、ぼくも同様だったけれど、二人の話が合ったのは、時も所もシビウの高校でのことだけで、大学のことも一九五六年のブカレストのことも出てこない。何度か、ハンガリー事件を話題にしようと試みたが、もう覚えていないように（嘘ではないように）見えた。ははあ、そう？　そんな具合に進んだのかい、その頃、残念ながらおれは現場で体験しなかった、ちょうど家族の一人が病気になって、家に戻らなくてはならなかったからな……。

ここから、パリのアルマ橋から、よく見える、駅の中から——橋の上から。ここから、アルマ橋から、ほとんどくっきりとジュスタが見える。

その後ろ——それとも前？——に見える、同じようにくっきりとベニヤ板の切り抜きのように立っているママドラガ（かわいいぼうや）。

「ねえ話して、何をするの？　私ら二人……？」

ぼくらが？　二人？　何をしよう。ヘラストラウ公園でしたことだ。二人で眠るさ……

十一月二十一日の晩、ジュスタと二人で眠ることを考えていた。それができたらどんなによかろう、今までになかったくらいに、そうしてもう決してあるはずはないくらいに、いいだろう。なぜならば明日は逮捕、連行だ。

明日だと分かっていた。時刻までは分からなかったが、こう想像していた。彼らが昼に食堂でぼくを待っているだろう。あるいは同級生の一人が来て、門でだれか友達が、高校の級友が待っていると言うだろう——そうしてぼくは門へ行くだろう……。

ぼくらは食堂で食べていた。夕飯はお決まりの砂糖焦がし入りシロップに浸したクレープだった。触るには、キスにはあと数センチのところで食べていた。だが今度はもう後に下がらない——ましてやそれは最後の自由な日だ——明日逮捕されると書いて見せる。

いつもと違い、その晩ぼくは寄宿舎へ上らなかった——外へ出て、電車に乗って、チシュミジウ公園で降りて、ドゥンボヴィツァ川へ向かい、堤防沿いに歩いた……。少し先、上院広場で、二十レイあれば一回やれると知っていた――前に、秋の初めにやったことがあるが、でもその後どうなっているか知らなかった。女たちはぱくられて、ドナウデルタの葦刈りに送られているという、もっぱらの噂だった。

粘っこいような濃い霧が立ち込めたので、人目につかずに（なんとか）眺めていることができた。堤防の歩道の上で、その群れを横目で見ながら行ったり来たりしていた。

ぼくが来た時は九人だった、数えた。間もなく二人来て、二人連れて去り、残りは七人。また一人、さらに一人――五人。四人、三人――そうしてだれも戻っては来ない。

たっぷり一時間経過、ぼくは腹が決まらなかった。ふと呟いた。お前は革命に行く気だ、でもあの娘たちに近づいて、誰か空いていますかと聞く勇気はないのか。前の時はもっと簡単だった。こんな霧はなく、よく見え、一番若いのを選び、腕を取り――で、ＯＫ。今はもっとややこしい。まず第一に、一人も――初めのうちに消えたのさえ――若いと言えるのはいなかった。若いのはみんな葦刈り送りで、駄馬だけ残っているのか――それもいつまで？　それから、十人の時の方が三人しかいない時よりも選びやすい――どうにも後の二人に悪いことになる……。また男が一人来て――二人残った、最後の二人。

いよいよ……どちらかに決めようとした時、霧の中から男が一人現れて、一人を連れて行き、別の女は橋の方へ歩き出した——明らかに一人でいる気になれないのだ……。

ぼくは追いかけて、追いつき、今晩はと言い、そのあとに「初めまして、マダム」と続けた。それから……性格が合わない場合……は逃げ出せる態勢で、「ぼくは大きい二十レイ札を持っている……」女はこちらへ顔を向けずに、ぼくの腕を取って、頷いた。

橋の先からちょっと聖人の名前（街灯の明かりで分かった）のついた通りを歩き、中庭に入り、階段を上り、マヌック宿場みたいな回廊に出て、右へ、もう一度右へ曲がって、止まり、女はポシェットからキーを出し、電気もライターもないの、でもいいの、見えなくたって——と、ゲラゲラ笑った。ドアのガラス越しのわずかな明かりで、まず払いを求め、それからズボンを脱げと言った。

その時になって、長いこと外にいて冷えきっていると気がついた——だが女こそ！　膝だけ、尻だけじゃなく、きんきん響くほど冷たかった。そうして腿の内側まで。

けれども体の内部は暖かく、柔らかく、香ぐわしかった——泣きたくなるほど。本当に泣いた。

女はちょっとびっくりした——でもそれは初めだけだった。すぐにあやすように抱きしめてゆすりはじめた。ぼくも乳房を求めると——触らせた。田舎で赤ん坊を泣き止ませる時のようにゆすりながら言う——「よしよし、ママドラガ（かわいいぼうや）、泣くわけは分かってるからね……」でもどう分かっているかは言わなかったし、その必要もなかった。

そうしてもう一度——女は今はうめき声をあげていた。そして震えていた。そして言っていた。「ママドラガ、私たち何をやっているの、ママドラガ、あんたは行って、もう会うことはないのに……」

しばらくしてもう一度抱いた——女は可愛い坊やと言い、ぼくは可愛いいジュスタと言い——出て行く時に女はリンゴを一つくれた。

7

「ほら、ジュスタだ！」

いや、ここには彼女を指さすものはいなかった、彼女に気付かせてくれるものはだれもいなかった。そもそもだれもいるわけはない。ぼくは〝法廷〟から一人で出てきたのだ。今朝入るときは被告二人だったけれど、出たのはぼく一人だけで、もう一人はあそこに、上の学部長室に残った。まだ何か話があった……私服の同志と……。

ほら、ジュスタだ！　きざはしの一番下の段に腰掛けている。見ないふりはできない――階段は無人、廊下は無人、大学の建物全体が無人（講義は終わり、学期試験はまだ）。彼女のわきを通り過ぎることはできない――彼女は段の真ん中に掛けて、体をこちらへ捻って、ぼくを見ている。

「ねえ？　どうだったの？」

ぼくは首をすくめて、壁ぎわをすり抜けようとする。だがトリアは立ち上がって塞ぎ、指を立てて唱える。

――「海底の大魚

その名はレヴィアタン

日ごとに一時間

主はこの魚と戯れる！」

ぼくは立ち止まり、頭を掻く……。頬を緩める、笑う……。本当に、予期していなかった、〝出口で〟待っているとは――とにかく、他の誰かが待っていてくれるならまだよかった、例えばマルガ。だがマルガは五日前から試験の準備で、たあいそう忙しくなった、偶然のように、ちょうどぼくの査問の予定が分かった時からだ……。

「きみは何を、ここで？」――とにかく一つ質問。

「決まってるでしょう」とトリア。「きみを待っていたの。ここで、岸辺で……」といちばん下の段を指差す。「だって鯨があなたをここに吐き出すはずだから、レヴィアタンが、〝海底の大魚〟が……」

「ぼくを……投げ捨てると言いたいんだろ」とぼくは言う――「くたびれた、へとへとだ、目も霞むし、舌も板みたいさ、それでも君が外で待っていてくれたと分かってうれしいね……」

「論争は続いているのよ、ある翻訳家たちは、〝そうして鯨はヨナを岸辺へ吐き出した〟と提案した。

別の訳者らは——原文にどれほど近いか知らないけれど——ヨナは反対側の穴からひり出されたのだと主張する。中間にいるルーマニア人らが、〝なんと恥ずかしいことを〟とばかりに、こう言う——〝そうして主は魚に命令を下され、魚はヨナを岸辺に投げ出した〟。あなたはどこを通って、何のせいで、どうなったの……？　ほんとの除名にはならなかったでしょうね……」と、急に心配げになる。

「分からない、でも終わりのパートから判断すると、今度も助かったと思う……」

「その終わりのパートというのは、ノヴィコフの方からの？」とトリアは関心を示す。「キシネフスキあてのメモ？」

「知るもんか？」はっとする。「確かに、ノヴィコフは意外な助け舟を出してくれた。メモなんて知らないが、どこから出たのだろう……？」

「ここからよ」とトリアは言って、ポシェットから書類を取り出す。「ほら、メモのコピー、ほら、登録番号、ほら……」

「なんだい、このハチャメチャは？　わけが分からない」

「お腹が空いたからなのね——ほら、紐パン一つ、紐パン二つ……。喉が渇いたからなのね——そこの時計台のところの蛇口に水が出ているわ……。タバコが切れたからなのね——そら、タバコ、マッチ……。さあ、歩きましょう……。そうして、向かいのスツ邸へ入る方がよさそう……」

通りを渡り、旧スツ邸宅へ立ち寄る。大学の付属施設になっている。ここも人気（ひとけ）がない、でも涼しい。ゼミナール室になったサロンに入り、窓を開けて、窓の縁に腰掛ける。ぼくは紐パンをかじった──うまい！──ぼくは路傍の蛇口の水を飲んだ──ブカレストの六月のように温かく、錆びついている──さて二人、タバコを吹かす。

「キシネフスキあてのメモのハチャメチャがどうしたというんだい？」とぼくはむし返す。「ぼくはメモなんか全然送っていない、思いつきもしなかったよ……」

「最悪！　思いつくべきだったわ！　きみは何の用心も防備もなしの猪突猛進なんだから……」

「何の用心さ？　何の防備さ？　それに君こそ何でぼくの……不用心に鼻を突っ込むの？」

「不用心はあなただけれど、問題はみんなのもので、つまり私のものでもある。はっきり言えば、〝質問〟のことよ！」

「いつから〝質問〟まで君のものになったのさ！　ぼくがこの声で質問したときだって、文書で中央へ上げたときだって、君は知らん顔だったろう──何がとりついたんだい、だしぬけに？」

「ほら、とりついたんだから！　だしぬけに！　そうして要するに、その言い草がお礼なのね、きみを……怪物の腹から救ってあげたのに？　もし私があの〝ハチャメチャ〟を出さなかったら、レヴィアタンはきみを飲み込んで、消化して、もう……吐き出さず、〝岸辺に投げ出し〟はせず、今頃は……」

「そう、そう、その通りだ……。確かじゃないけれどね、ぼくは一センチたりとも譲らなかったのだから──自慢する気はないが、もし君がその場にいたらきっと気に入ったと思う……」

「もちろん気に入ったはずよ！　でもこんな場合肝腎なのは、あなたの議論でも立場堅持でもなくて――その議論や立場堅持への〝上からの〟カバーなの」

「つまり、君がミッシャ・ノヴィコフを呼び出したのか……。ミッシャは〝ワタシハキャレヲ知ッテル、キャレハ反動ダケド誠実ダ〟としか弁護のしようがなくて、あきらめようとした、まさにその瞬間にドアから呼ばれた……」

「つまり、ちょうど間に合ったわけね！」

「そのようだな……。戻ってくるとミッシャはグラウル学部長のところへ行って何か囁き、ティスマネアヌに何か囁き、そうしてラドゥ・フロリアンには何も言わずに腰を下ろしたから、あの悪党がほざく。〝われわれも知ることができよう、裏に何があるのか、どういう秘密なのか？〟するとミッシャは手をもみながら、〝デモ、ヒミェツハナンニモナイ、ワタシハオオイニヨロコブ、ツマリキャレハ反動ダガ〟とぼくを指して、〝――シカシキャレハセイジツナ反動ナノダ！〟〝それはさっき聞いたが、しかし秘密は何かね？〟とラドゥ・フロリアンが訊ねる。〝ヒミェツガアルトスレバ、キミニトッテヒミェツナダケダヨ同志ふろりあん、ツマリキャレハネ……〟とまたぼくを指して、〝キャレハヒジョウニイイ作家ダ、筋ノ組ミ立テ方、ふらんす人流ノさすぺんすノ作リ方ヲシッテイル……〟〝フランス人がどうしたって？　フランス人と連絡しているのか？〟とティスマネアヌが飛び上がる。あの片輪、片手ばかりか頭も片輪……」

トリアは手をもみ、くつくつ笑い、ご機嫌で小突く——彼女もマルクス主義講座の主任ティスマネアヌと一度……〝衝突〟している、実のところ、ティスマネアヌは頭が片輪というセオリーはトリアが提示したのだった。

「それで？　それで？　それからミッシャは何と言ったの？」

「ミッシャは言うのさ」とぼくは勢いづいて続ける。「キャレハふらんす人ト関係ナイ、ワガ中央委員会ト関係アル、同志きしねふすきト、個人的ニ……」

「で？　で？　グラウルはどう反応したの？　コテアヌは？　私服の〝ミンカンジン〟は——何人かしら？　二人？　三人？」

「二人だ。グラウルは背中を反らすばかり、コテアヌは口髭を咬んだ、やっと私服組の一人が〝確かにその通りなら、それでいい……〟ラドゥ・フロリアンだけは納得しなかった、まだミッシャと口論していると思う……」

「でヴァシレ・アルブは？」

「ヴァシレか……。最初から向こう側だった、彼もぼくを告発し始めたな……」

「驚いたの？　昨日今日の知り合いじゃないでしょ？　でもねえ、結論はどうだったの？」

「何も結論はなかった、ぼくは、自由だと言われて即座に出てきたんだが……。つまりきみは……。どうしてキシネフスキあてのメモを思いついたの？」

「きみこそどうして思いつかなかったの？　目も耳もないの？　正常な理性の持ち主だと思っていたのに……」

「なにを見聞きすべきだったのかな、もしぼくに正常な理性があったら？」

「嵐が近づいているのを見聞きするべきよ。〝舟乗りたち〟が君を籤(くじ)へ引き出して、きみが籤に当たるように仕向けるのを見聞きするはずよ、そうして〝私を海に放り込めば海が静まるだろう、この嵐があなたたちに降りかかったのは私のせいだと分かっているから〟と自分が連中に言ったのが聞こえるはずね……」

「ヨナになぞらえられるのは……光栄だが、解説してくれ」

「解説が要るの？　だって全部見え見えだったでしょう、セミナー全員の質問とりまとめにホアージャ助教授が君を指名した時から……」

「でもそれは当たり前だろう？　ホアージャは自分は不適格だと白状したのだから。〝私はマルクス主義講座と相談しなくてはならない、特に同志ティスマネアヌと……〟とね」

「それが当たり前と思った？　助教授たるものが自分は・不・適・格・と言う？　罠を感じなかったの？　見え見えでしょう、〝私は罠なのだ！〟と叫ばないだけ。きみに質問のとりまとめを**書面で**、と言った時にさえ、それが見えなかったの？」

「誰かがやらなくてはならなかった、そうだろう？　そうして、ぼくは……〝質問担当者〟だったから

「……」

「あのねえ、きみは本当にアホなのか、それとも……。いいわ、向こう見ずさん、つまりね、マルクス主義ゼミとかで、きみはきわどい質問を出す――集団化について……。ホアージャがこの度は戸惑って、とりわけ、弁解じみているようなので、ほかの学生も勇気が出て、かれらまで告発質問をする。ロシア語必修、割り当てや検閲について……。きみは、なお元気づいて爆弾質問をぶつける、……単一政党制について。そのときホアージャはやっと気がつく、三十分も回答を続けたあとで――たしかに混乱して、たしかにうしろめたげだけれど、とにかく回答していたのだけれど、――気がついて、自分は・不・適・格・だと白状するのね。もちろん、不適格は生まれつきなんだけど、でも罠に気がつかなかったの、ティスマネアヌと相談すると言ったとき?! マルクス主義講座の文盲のお歴々の中でも極めつきの無脳よ！ そうしてきみは、花みたいに素直に……質問の集約に取りかかるの、つまりきみの手で書くわけ！ いわば諸問題をね……」。

「記憶が確かなら、あの時ぼくらはちょっと話し合ったな……」

「その記憶は確かよ――私がどんな質問をしたのかときみは聞いたわね、それを書き留めるからと。そして私はきみに例の〝質問リスト〟を要求した。私が質問を自分の手で書いて、あとに私の名前とサインを書くからと――でもきみは断ったのよ！」

「君より前の誰も署名しなかったからな……」

「それよ！　我らのいとしき学友たちは危険を嗅ぎ取った、だからきみに〝質問〟を口述したの――本当に質問したのか、全然やらなかったのかはともかくとして――たとえばポン友コヴァチの、ベッサラビア問題……」

「なるほど、でもベッサラビアのことはやはりぼくも質問した、去年……」

「きみが、去年！　でもコヴァチはしてない――去年も、今年も！　そうしてほら、きみに囁く――〝ベッサラビアも入れろよ、おまえベッサラビア人じゃないか！〟」

「それがどうした？　いいかい、ベッサラビアのことでは、つい最近も……グラウル教授をノックアウトしたんだ、あの〝自立したモルドヴァ語〟〝ルーマニア語からの借用語をいくらか含むスラヴ語〟という彼の理論について。シシュマリヨフの最近の論文を突きつけてね……。グラウルの顔を見せたかったな」

「グラウルはどうでもいいの、きみのことを話しているの、自分の手で書いた紙をホアージャに――結局ティスマネアヌに！――渡したきみのことよ！　〝爆弾質問〟ね、割り当て、集団化、単一政党制、ロシア語の歌、ソビエト軍の駐留、その他の爆弾を書き並べたもの。爆弾は、ばらばらに投げた者の名前が付いていては、〝集約〟の効果がないでしょう。きみは、お利口さん、セクリターテの手に御自分の、自分だけの有罪宣告書を渡したわけよ！　署名したのはきみひとりなんだから！」

「ぼくが集約したからには署名しなくちゃ……。それから大勢の学友は言ったんだ――〝マルクス主義ゼミナールでその疑問をだれが発言したかは問題じゃない――問題は……〟」

「もちろんよ――〝……問題はおとなしい全ての国民がこういう疑問を抱いているということだ〟！　そうしてほら、最後は……」――トリアは指を挙げて唱える。「そこで彼らは主に願って言った。〝ああ主よ、この男のために私たちを滅ぼさないでください……〟」

「〝この男のいのちのために〟だよ、聖書を書き換えないでくれ」

「もう書き換えないわ――いいわね、――〝こうして、彼らはヨナを抱えて海に投げ込んだ。すると、海は激しい怒りをやめて静かになった。〟それから、いいわね、〝人々は大きな恐れをもって主を怖れ〟――なんて見事な言い方でしょう、〝怖れをもって怖れ……〟つまり、〝彼らは大きな怖れをもって主を怖れ、主に生け贄を捧げ、誓願を立てた。〟」

「ヨナ書はそのくらいにしようよ」とぼくは笑う。「でも君は一体どうして、その阿呆のヨナに助け船を出す気になったの？」

「正直なところ？　いいわ、言います。その阿呆に、私の阿呆ぶりにも目を向けて欲しくて……」

「無理しないで、柄にもないふりをするなよ――そんなに賢い、きれいな、お行儀のいい娘のきみが……」

「無理しないと、きみが目を開いたと思ってしまいそう――どう、二人とも映画館で目を閉じたら？」

「映画館で？　こんな時間に？」

「じゃあ、電車に乗って公園へ行きましょう……——ああ、そうね、〝公園へ、こんな時間に？〟、〝じゃあ、この時間に、ここで——そう、ここでもキスできるわ……〟、〝キス、こんな時間に？〟……」

生唾を呑み込んで、ほんとの阿呆みたいに笑う——返事しようがない。彼女がぼくの代わりにみんな答えてしまうから。

「いいわ、私は使命を果たした……」と窓際から降りながら言う。「次はいつごろになると思う？」

思いつかない。全然思いつかない。彼女が降りるのを（少しおそまきに）手伝う。腕に抱き止める。キスを頬に、口の端に、閉じた目に。喉を撫でる、胸を。トリアはそのまま、熱く、いい匂いがし、震えている。片手で乳房をもみ、片手を下げて、スカートを上げ始める。彼女は逆らわず、避けず、むしろ協力してぼくを迎える。霞んだ目で適当な場所を捜し、ホールの奥へ連れて行こうとする。彼女はぼくに触れ、頬に頰をよせ、たぶん唇も、そう、唇を喉に、耳に触れて、呟く。

「ここにいましょう、窓際に。見えないわ。ベルトより下しか（ベルトより下に何がある？）。上と言おうとして（上って何を言うつもり？）。文学の議論をしていると思うかもしれないわ」トリアが今度ははっきりした声で言う。「あるいは〝シジョウニジュウダイナモンデーヲトウリョンシチェイル〟とでも……」

「だれが？」ぞっとしてぼく。

「ミッシャよ」トリアは頬を真っ赤に、曇った目を外へ、街路へ向けた。

「やれやれ、あいつか！　こんなところで何をまた……」

ほんとうに、ぼくらの窓の真ん前で——路上だが——女性とはげしく言い合っている。女は巨大な尻と赤いポシェット、そのかわり……（そうして特に、と言うところだ、もしまだ言えるなら）ノヴィコフの顔がこちら向きだから、ぼくらを見なかったとは言い切れない。

「なぜきみが罵るの？」とトリアはぼくのあごをなでながら「私たちのトウリョンを止めなかったとしても、きみは大して得はしなかったはずよ、とにかく何も損はしていないわね。私が罵るわ、邪魔されたから……」

「罵れよ！」とぼくは言う、それはむしろ何を言いたいのか分かっているからだ。

ぼくは体を離し、かがんで、ワンピースを元通りにし、真っ直ぐにし、しわを伸ばす。トリアはタバコを点け、空いた方の手で頰をこすりながらぼくを見下ろす。

「ほんとについてないったら！　運命が望んでいないと言うんでしょう！」——笑い、何度も肩をすくめる。「映画館に入ればフィルムが壊れる、公園へ行こうとすれば電車が壊れる、なんとか辿り着けばベンチが壊れる——もううんざりよ、こんなに……外側が壊れるのは！」

ぼくもタバコを一本くわえる——返事をしなくてすむように。慰めずにすむように。もう一つの解決をこの場で、または、たとえば明日にでも、提案せずにすむように……。彼女が本当にその解決を必要とするならだが。どうして分かる？　彼女のことが分からないのに——彼女が最近変わったのか、それとも前から、初めから彼女のことが分かっていなかったのか、定かでない。そうして、つまるところ、変わったのか、ジュスタの〝ままである〟のか、その点について強い関心はなかったのだ。

それで別れて、あと……お互いを見失なった。試験になると、筆記試験には同じ教室で会ったけれど、口頭試問には同じ廊下の同じドアの前で待ったけれど。やあ、やあ、元気？　元気よ——でもそっちは？　元気。確かに、夏休み中は全く顔を合わせなかった、だが、せめても彼女のことを思い出したか、ぼくを……怪魚の腹から……救ってくれたあのメモのことぐらいは思い出したかというと、思い出さなかった。——そうして秋になって、再登録のとき、あの同じミッシャ・ノヴィコフが記憶を新たにさせてくれた。

「同志きしねふすき宛デノみぇもハ、ヨロコンデ受ケ取ッテクリェタ。アノ時、ズグニ。ヂャガ今度ハ面接ヲ申シ込マニェバナリャヌ、君ガ自分デ、同志きしねふすきニ直接、目ノ前デ、君ガみぇもニ書イタコトヲ説明シナクテハナリャナイ！」

そこでトリアを捜した。ノヴィコフに何を言われたかは言わず、訊ねてみた……。〝メモにあること〟を口頭で説明することが、〝どうやら必要になりそうだが〟——。それは自分がまとめたメモではないということだけは覚えている……。

「ああ、あのメモね！」トリアは忘れていたような調子で言った。「必要はないと思うわ。いずれにしても、もうすっかり終わった話よ——今、ポズナン事件のあとで、あんなつまらない話を持ち出すなんて……」

鳥肌が立った。なるほどポーランドのポズナンで暴動が起こった、だが、ぼくらの〝質問〟は、ポズナン事件より前だっただけじゃない、〝問題点〟としては終わってはいないのだ……。

「何を君は書いたのかな、あのメモに？」と訊ねた。

「だってコピーをあげたわ、あのとき……」

「でも君に返した。読みもしないで……」

「結構、なくした方がいいわ——言ったでしょう、もうすっかり終わったって。ポズナン事件のあとでは、理念も手段も再検討しなくては、そして収支決算をやらなくては、そして……」

「いいかい、再検討は君がやればいい、君の問題だ。だが君がぼくの名前でメモを書いたんだから、ぼくには知る権利がある、一体なにをぼくの名前で書いたのか！　要するに君は何を……キシネフスキに話したのか？　もしや……。もしや**ぼく**の自己批判をしたのでは？　もしや**ぼく**が約束したというのでは、これから先はと……？」

「いいえ！　正確にはそうじゃないけれど……。でもほかに助かりようがあって？　退学から、それどころか逮捕から、お利口さん？」

「なあに、助かっただろうさ……ポズナン事件の後では、お利口さんよ！」

「われらルーマニア人たちがポーランド人の経験からいいことを学ぶだろうと思うから？　私たちはお隣さんをうまく真似するときみは思うの？」

「ぼくが思うに、〝君たち〟は気づかざるを得ない……」

「ちょっと待って！　どうして〝君たち〟と言うの？　つまり私のこと？」

「そこを言いたいのさ！　とにかくポズナンが〝正義の女（ジュスタ）〟を……〝不正な女（ネジュスタ）〟に変えたわけじゃなかろうよ！」

「もし私がポズナン事件を待っていた、ときみが思うなら……。そうして、結局のところ、きみの失敬な言い草をがまんする義務はないわ……きみのへまをがまんしてやったあとでね！」

くるりと回れ右して離れていった——ぷりぷりして、厳然と、びっこを引いて。

ぼくの方は、メモに〝ぼくが書いた〟ことを知りたいのは山々だったけれども、こうつぶやいていた。——ジュスタの顔には〝なくなってよかった……〟と書いてあったな。

この場面のしばらくあと、学友たち（正確には女子学生たち）から、ジュスタが彼女の町の高校教師と婚約した、それ以来〝普通の人間になった〟と聞いた。教師はなにかの講習でブカレストに来ていたのだという。ふむ！　ぼくもそのフィアンセを見たことがある——ジュスタと腕を組んで、好んで大学の周辺を歩き回っていたな……。大いに結構だ、世の中のために、とぼくは呟いた。大いに結構、大いに結構！　〝彼女の新しい身の上〟の話題が出る度に、ぼくは大声でそう言っていた。そのころは、教室でも、食堂でも、街中でも、彼女を見ると話しかけた。

「婚約はうまく行っている？」と大きな声で訊ねた。「大いに結構、大いに結構、ちょうど頃合いだったね！」そうしてむりに笑おうとしていた。

トリアは答えなかった。重々しく視線を向けるだけだった。

だが一週間ほどして、女子学生たちが〝トリアは婚約を解消したわ〟と告げた。はっきり思い出す、それは十月二十四日、ハンガリー革命勃発の翌日のことだったが。

ひと月ほどして十一月二十一日（昼間——夜は別の日になるはずだった）、休み時間に気がつくと廊下を彼女と並んで歩いていた。そこはオドベスク大階段教室だった。

一言も交わさずエレベーターまで歩いた。引き返して反対側の突き当たりまで、そうしてまた引き返した。そうしてトリアは目を合わせずに言った。

「あれも終わったわ……」何が、ともぼくが訊ねないでいると、「ハンガリー革命のことよ。こちらのセクリターテが国際援助として何百人か、たぶん何千人かの要員を派遣することが分かったの。まるで向こうの秘密警察を抱き起こすのにソ連の援助じゃ足りないみたい……。ほかにも分かったわ。一九五二年のあとアナ・パウケル失脚でもうお手上げになっていたユダヤ人も、ブダペスト動乱の後追い出されたハンガリー人も……」

ぼくは黙っていたが、挑発から逃げようとはしなかった。トリアはなお言った。

「ルーマニアのセクリターテがハンガリーのセクリターテを応援するところまで来たとすると……。もう何もできないわ」

ちょうどそのとき、何か起こって――あるいはだれか来たか――トリアは続けられなかった。

あのとき、ぼくは彼女の言葉を気にしていなかったのだが、ずっと後になって、ハンガリー人で元セクリストの〝囚人仲間〟の話から、トリアのことを思い出した。ルーマニアのセクリターテ内部のハンガリー人たちが、革命の後、どんな〝国際支援〟をしたかを彼は監房で話してくれた。トリアはどうして知っていたのだろうか、一九五六年十一月二十一日に？

8

〝ほら、ジュスタだ！〟

ほら。ここから、パリのアルマ橋からは、ありありと目に浮かぶ――私たちは何をするの？　何をしなくてはならないの？と、ジュスタはぼくに訊ねて、ひとりでほかの所を捜す気にさせて、彼女より先へ送り出したのだ――ここまで、アルマ橋で待つように。ここだ、なぜならばあそこには、あのブカレストの作家デラヴランチャ通りと建築士ミンク通りの交差点には、本当の橋がなかったから。

〝ほら、ジュスタだ。〟

ほら、こっちへ向かって来る、三十年後の必然の出会いポイントとして、橋＝駅を発明してくれた人たちに、感謝。

ほら、どちらかが、またどちらもが、道を譲る必要は無い。ぼくらは同じラインで会いに来ている、そうしてもしも五十センチのところで顔つき合わせて立ち止まることにならなければ、二人のうちどちらかが地上列車で、もう一人はトンネル列車ということか？

〝ほら、ジュスタだ。〟


「どこから始めましょう？」とディアナが始める。

「もちろん、最初からね……。つまりハンガリー動乱の一件が起こる。そうして寄宿舎中を部屋から部屋へとかきまわすジュスタの騒ぎも起こる。〝ねえみんな、私たちは何もしないの？　私たちどうして動かないの？〟初め、トリアが通ったところでは、そのあとしばらくの間、誰もものも言わなかった――彼女は御目付役として、ジュスターリニストとして知れ渡っていたから――ジュスタと呼ばれていたじゃない？　トリアがイタリア娘のコーラ――知っているわね、肉付きがいいのでコラリンダとかクラリンダとか呼ばれていたわ――の部屋に来たとき、クラリンダが言うの、〝なあに、私たちが何もしないって？　なぜ動かないって？――いいや、私は動くわ、でも豚はポルバサの届かないものには耳を動かさないわよ！〟みんな笑う、私たちも一緒に笑う――トリアも笑うけれど、私と二人だけになると訊ねるの――〝ディアナ、耳を動かさない豚って何のこと？　何よ、その……ポルバサって？〟私は説明してやらなかった、彼女の年なら知っているはずだし、私は私でアンドレイのことで厄介があるしね……。そもそも彼女と親しくなったのはアンドレイの件からだったの。

十月の末、彼が逮捕されたあとで、ほら、ジュスタが洗濯室で話しかけてきたのよ。〃あなたの部屋へ移るわ、変更の手続きをして！〃私がわけも尋ねないうちに言うの――〃アンドレイのことで当局があなたを呼び出してから、あなたのまわりは空っぽで、だれもあなたと話し込もうとしないわね〃――私は、空っぽになったのは私がだれとも話さないからだと思っていたのだけれど……。彼女は言うの。〃あなたが見捨てられるなんて許せない！　こんな状況でこそ誰かそばにいるべきよ！〃私は心の中でつぶやいた――ほう、セクリターテがあなたに私の退屈相手になれと言ったのか――大いに結構よ、私が何をしているか、なんと言っているか、噂じゃなくあなたからじかに聞こうというわけね……いいわ。そこで私は中国女とトリアの交換をアレンジしたの、中国女は私と〃離婚〃したがっていたけれど、ほかの寮生みたいにあからさまには言いたくなかったのね。五人部屋で二人になって……。ほんとう言うと、怖くもあり怖くもなしだった。私のことで何をこれ以上知ろうというわけ？　私は召喚された、やや規則的に繰り返し呼び出されていたの……。

でもトリアがしつこく言い始めた時は不愉快だったわ。こんなぐあいなの、〃アンドレイのために何かしなくては！　男子の連中を放っておけないわよ――結局の所どんな犯罪をやったというの？　彼らはメモを提出した――大いに結構じゃない、一緒にやりましょう。でも組織的形態で行動しなくては。〃あるとき、私はじれて言ってやったの――〃落ちつきなさいよ、ねえ行動さん、組織的形態さん、一体全体、ここでもハンガリーみたいなことを起こしたいの？〃これで黙ると思ったの、ところが彼女と来たら――〃そうよ！　ハンガリーみたいに！　ここも向こうと同じ状況じゃないの、多分ここの方がもっと悪いのじゃない？〃私は仕事を片付けて、その場から逃げ出した。それ以上聞かないためだけど、もうさんざん聞いたのよ、それを告発しなければ私が逮捕されるほど……。

また他の日には、泣き言よ……。私の肩にもたれて泣き言を言うわけ。あなたが彼女を信用していない、何をどうやるつもりなのか打ち明けようとしない、彼女はあなたが組織したことに進んで加わりたいのにって……。そうして私に口添えしてくれと、あなたにそう言ってくれと……。私は〃トリア、頼むからからほっといてよ、私はアンドレイのことで精一杯じゃない？　それに、どうして私ならうまくやれるの、彼と？〃――つまりあなたと。そうしたらトリアは何と返事したと思う？〃だって、あんたは彼にとってただの友だちでしょ、学生仲間というだけ、ところが私は……〃〃でもあんたも彼の学部の学友じゃないの！〃と私は言う。すると彼女は――〃ええ、でもあんたには彼の子供がいない、私と違って！〃私が思わず吹き出すと、彼女はかんかんになって――〃なぜ笑うの？　私に子供が作れないと思うの？　彼の？〃

私はなんとか彼女をなだめた――でも子供はどうやってできるのか説明してやらなかったし、もちろん彼女はフェリーチャのことは口に出さなかったわ……たしかに、あなたはまだフェリーチャと子供を作りはしなかったけれど、でも……。さて、あなたがガフィッツァのセミナーで小説の一節を読んだ日のことになるけれど。トリアはまっすぐ私の所へ来て――〃彼はなぜ自分が読むって私に言わなかったの？　なぜその時間に来いと私に言わなかったの？〟と言うから、〝彼に聞きなさいよ、私に聞いてどうするの？〟〝でも消えたの――どこへ消えたのかしら？　もしかして逮捕された？〟〝逮捕されてないわ――まだ〟〝で、原稿は？　どこにあるの？〟〝いいかげんにしてよ。私は〈文学工場〉の学生じゃないし、その……芸術の極意セミナーにも出ていないわ――彼がその書類をどうしたか、私が知っているわけないでしょう〟〝原稿なの、書類じゃなくて〟と私の言葉を訂正して、〝彼は大作家よ！〟〝ねえトリア、もう何年も前のこと、男子高校のある生徒と二回、日曜の午後、コルソを散歩したわ。その彼とはキスもせず……〟〝どうして？　コルソには公園ぐらいなかったの？〟とトリアは訊ねる。〝あったわ。でも公園では別の生徒と、他の生徒たちとキスしたの――多分、もしその彼が大作家になると知っていたらきっと……〟トリアはまたじりじりした。私は続けて――〝結局のところ、彼は自分の手で書いたのよ、自業自得よ〟すると彼女は――〝でも逮捕されるでしょう！〟――どう言ったらいいかしら、まるであなたがこの国で第一の唯一の人みたいに……。そこで言ってやったの――〝私は一人の逮捕でたくさんよ、アンドレイだけで……〟さていよいよあなたが逮捕された時に……。〝原稿！〟と彼女は言うの。〝知っているわ、丁度、私が近くにいなかったからあなたに預けたのね。――私に渡してよ、彼らは私を調べはしないでしょう！〟もちろん渡さなかった、あなたがよこしたのは別の書類で、原稿ではないと言ったわ……。〝それも渡してよ、私は持っている権利がある！　フィアンセなんですからね！　彼の子を産むのよ……〟彼女に言ったの、残念ながらあれは燃やしてしまったと……。神様、どうなったと思う？　トリアは私に襲いかかって眼の玉をくりぬかんばかり、古文書『ネアクシュ書簡』のオリジナルでも焼いたみたいな大騒ぎだった……。」

「確かかい、燃やす前に彼女に見せなかったのかな、ぱらぱらめくるだけでも？」

「確かよ。とは言っても……。ああ、もう覚えていないわ、あんまりいろいろ重なって——とにかくフェリーチャと二人で燃やしたの、寄宿舎のストーブに一枚一枚入れた……。いいえ、トリアには渡さなかった……。それなのになぜ、あとで、まるで読んだみたいに話していたのかしら？　もしかしてあなたが、逮捕される前、見せたのじゃない？」

「妙だな、でもぼくも覚えていない。多分見せてない……。あるいは、休み時間か、何かの講義の間に見せたかもしれない……」

「いずれにしても、あなたが逮捕されると、トリアはもうまるでめちゃくちゃ。子供も……あきらめて、婚約のこともあまり言わないで、それはあの〈アピール〉に重みをつけるために……」

「きみは読んだの？　なんと書いてあった？」

「自分のことで一杯だったからよく覚えていないけれど、でもこれだけは確かよ、素晴らしいテキストだったわ。あんまり、むしろ全然、アピールだのマニフェストみたいじゃなくて……。もちろんあなたの件で始まって、即・時・釈放で締めくくっていた。でもあれは、ところどころ痛烈な弾劾もまじえた本物のエッセイだった……。あれがなくなったのは残念だわ、絶対今でも通用すると思うのに……。全くまずいことに、タイプに打ってプリントする人が見つからなかった。手書きのオリジナルをもってドアを叩いて回っていた……。もちろん、学生は誰一人それに署名しなかった——正直に言うけど私もしていない、私の署名が何になるの？　でも教授たちも、名のある作家たちも一人も署名しなかった——どのドアも閉めきり。ヴィクトール・エフティミウは開けたそうだけど……。トリアはかっかして言うの——〝聞いてよ、あのすけべのブタ爺！　話の前置きも終わらないうちに、スカートの下に手を伸ばすのよ！　私に！　あのおいぼれブタ！〟私は笑って、——〝彼もあなたの口をふさごうとしたのよ——ほかにあなたを黙らせる方法があって？〟すると彼女は——〝なぜ私の口をふさぐの？　私の口を、なぜ？〟これがトリアよ、あなた分かるでしょう……。私は——〝ねえあんた、全体どこから思いついたの？　ルーマニア作家が署名する？　どういう作家よ、ええ？〟〝権威ある作家〟私が〝だって彼らが権威をもつことになったのは、それこそどんな連帯のアピールにも署名しなかったからだわ——だれかがそんなことを書いていたじゃない。おまけにエフティミウ——あの汚いアルバニア人と来たら飼い葉桶を漁り回るくせに唾をかけたことさえない、どうして彼が署名するのよ？〟〝そうね、エフティミウは……。でもねえ、アルゲージは？〟」

「え、トリアはアルゲージのところへも行ったのか？」

「行ったのよ……。あの文豪は娘のミツラを通じてこんなようなことを伝えた——〝彼らが私から息子バルツェルを奪ったときに、だれ一人それを返せと〈アピール〉しなかった……〟」

「大体、彼女は何のつもりだった？　アルゲージは完全に……〈名誉回復〉されていたことを知らなかったのか？　あらゆる執筆依頼を――スターリン時代には許可されなかったのを――せっせとこなしていたことも？」

「トリアは知っていたわ、でももしアルゲージだけでも署名すれば、あなたは即座に釈放されると思っていたのよ……。私は言ってあげたわ――〝それにね、トリア、あなたは、まだデビューも果たしてない、ただの学生のために動いてくれと、権威ある作家たちに頼んでいるのよ……〟ジュスタは私の〈ただの学生〉のために何をしてくれたかしら。……それでも彼女は気落ちしなかった。あのミハイル・サドヴェアヌを捜した――〈文学工場〉であなたたちの〝親代わり〟でしたわね？――でもミハイル様はブカレストにはいなくて、バルコニーの干し物に例の〝偉大な文学者〟の偉大な猿股は見えなかった……。それに、たとえ見えたとしたところで、あの巨峰が指一本動かしたと思う？　また、カミール・ペトレスクはドアをちょっと開いたけれど、なにか〝政治的〟な件だと察すると、めそめそして、病気だ、不幸だ、耳が遠くなって、話が聞こえないのだ、と泣き言を並べ出した……。ジュスタは怒鳴ってやったと言うよ――〝パルドン！　私はあなたが〈人々の中の一人の人〉になったことを忘れていましたわ、つまり都合次第で耳が聞こえなくなるのですね！〟……。デモステーネ・ボテズにも会いに行ったわ――留守……。ガラクティオン神父のところへも行った。ご当人がドアを開けたけれど、何のことかわかると、〝ガラクティオン神父は御不在です〟と来た……。ベニウックまで訪ねた――あの〝ちんちくりん〟は、ともかく耳をかたむけてね……それからのたもうた。悪漢の場所は監獄にある、蛇の場所は路上にあり、頭を労働者階級が踏みつぶす……。」

「何たる下司……」

「それも飛びきりのね。トリアは一息ついて言うのよ――〝いいわ、署名しない、連帯しない……。でももし今表明しなくても、目が覚めるでしょう、違う？　私たち〝失われた世代〟、この体制と一緒に生まれた私たちが連帯する、恐怖に押しつぶされるままではいないのを確認する時には……。いいわ、今までは署名しなかった、でもこれからは、鏡を見るときに、今までの自分が恥ずかしくなるでしょう――目が覚めないはずはないわ、二本足で立たないはずはない……。〟私は反論しなかった、みみずの二本足で立ち上がる希望を持たせておいた……。トリアは署名を一つも取れなかった代わりに、セクターテのお目にとまった。ましてや、もう大学へ行くのは教授を捕まえるためだけだから――それももちろん怒鳴ったり演説したりの大騒ぎで……。とりわけガフィッツァを追いかけていた――でも捕まえられなかった、逃げまわるの、あのウサギ野郎、踵がすり減るほど、逃げ回る、学生がいても構わず――一度など女子トイレに隠れて……トリアが言う――〝さあ、今度こそ逃げられないわよ、ここは女子用だから〟ところがガフィッツァは言う――〝ごめん、隣へ入るのだった……〟そうして男子用へ入った。トリアはその前で一時間ほど待ったあげく、諦めた。でもノヴィコフとは、廊下で何分も、一五分ほど大声で言い合った。こう言って――〝あなたが、刑務所暮らしを知っているあなたが、セクリタ―テに電話して一人の作家を刑務所に入れさせたのね！〟それへノヴィコフは――〝ボクハどふたなニイタノダヨ、どふたなハ金持チ貴族ノ刑務所デ、ソコデハ鬼ニ虐待サリェタ、トコロガキミノキャレハワレワレノ機関ニ送ラレタンダ、ソコデハ礼儀正チク話チ合ウ、ハン……犯罪者ト。〟トリアは追及する。〝昔のドフタナと今の監獄とどこが違うの？　あなたは労働者階級の英雄だった、彼は犯罪者だってこと？〟〝キャレハ機関ト話チアウダロウ、モシ無実ナラバ解放シャレルダロウ……〟〝でもなぜあなたは、彼をセクリタ―テに告発する前に、彼と話し合わなかったのです？　あなたには――客観的に見て――、無実の人を逮捕させた罪がある！〟するとノヴィコフは――〝チャッカン的ニ罪ガアルノハ、キャレダ、逮捕ハハンドー的ナ行動ノ結果ダ。〟で、ジュスタが――〝でもあなたはあんなに何度も言った、彼のことを反動的だが誠実だって！〟ノヴィコフは叫ぶ――〝ソウ言ッタ！　イツモ言ッタ、キャレガ〈誠実ナ〉ハンドーダッタ時ニハ、ダガ今ノキャレハ不誠実ナハンドーダ！〟〝でも彼はりっぱな作家です！〟妙なことにノヴィコフはそれを正直に受けた。〝誠実ナハンドーノ時ニハマア立派ナ作家ダッタ、デモ不誠実ナハンドーニナッテカラハ、モウ作家デモナク、立派デモナイノダ……〟

「ミッシャがねえ……」ぼくは笑う。「ノヴィコフのことは放っとこう。ジュスタが初めて呼び出されたのはいつだった？」

「覚えていないわ……」

「いずれにせよ、ぼくの「裁判」よりあとだよね——教室にいたのだから……」

「私たちは来るなと言われた。彼女も言われたっていう——私も……」

「でも君たちは来た、それでも」

「もちろん行ったわ——まだ何か失うものがある？　ところであなたの裁判のことでは——最初に行った時のことよ、第二回には出なかったから……。私ご両親とコンタクトしたの、弁護士を通じて、ご両親を知っているフロリカに頼んでね……。お母さんはあなたに話したかしら、〝フィアンセたち〟との一幕を？」

「いいや」

「いいですか、お母さんは私のことをあなたのガールフレンド、フィアンセだと思っていたの……。でも、一緒の友だちの一人が落ちつかず、気にして、もじもじしているのに気がついて、〝この人は誰？〟と私に訊くの。〝フィアンセのトリア〟と言うと、お母さんはびっくりして、トリアを指さしてお父さんの耳に囁く。姉さんの弁護士と一緒だったフロリカももじもじしているのにお母さんは気がついていたわ。

——〝その娘は誰なの？〟〝フィアンセです……〟と私。〝彼女も？〟〝彼女も……〟お父さんに伝えていたわ。フェリーチャの様子にも気がついて……。〝でもあのブロンドは誰、ずっと悲しげにしているけれど？〟〝フェリーチャですわ、彼の最後のフィアンセ。〟〝ははあ？　最後のねえ——でも誰が最初なの？〟〝ひげのある長い茶色の髪の子〟と私は言って、マルガを指した。〝なるほど……。でもあなたは、ディアナ、あなたは何番目？〃　〃実は私が最初でしたの、でも今私には別のフィアンセがいます、一昨日裁判にかけられました。〃　〃そう……〃とお母さんは言い、お父さんの方を振り向いた。〃あなた数えましたね、私は忘れました、全部で——何人？　でもディアナも入れてね、最初だったのだから……〃

ディアナは笑い、ぼくも笑う。

「つまりトリアはぼくの裁判より前に呼び出され始めていたんだな。」

「ええ。でも、一番初めにはＵＴＭに呼ばれたのよ。」

「大学で？　われらが同志イオン・ディアコネスク御本人に呼ばれたか……」

「彼に決まってるでしょう？　トリアをこう言って迎えた——〃何だ、同志、チボウの星だったその君がねえ……〃そうして、あまり騒ぐなと言うだけでなく、〃凶悪なテギ〃——あなたのことね——の弁護を止めさせるためだけでなく、〃チュウ大な**反革命**〃（ディアコネスクはそう言っていた）の時期に、〃当局にちょっと手を貸す〃ように〃誘った。もちろん、学内で活動している敵性分子を全部あばくために……〃」

「つまり、たれこみだな——ディアコネスクがそれを要求したとトリアはきみに言ったのか？」

「そう言ったわ——それから、ディアコネスクの要求したことだけじゃなかった……。あの穴居人が助教授になったっていうの知ってる？　それどころか——〈交換〉・教・授ですって、ドイツだかフランスだかで、そこの学生にいわゆる**ルーマニア語**を教えるのよ……。私、ディアコネスクが彼女に密告を要求したと言ったわね、だけど、〝ほかの私服の同志たち〟はディアコネスクのいわゆる〝反ガク命〟を挑発しろと彼女に要求した……」

「きみにそう言ったの？」

「私に言ったわ。私そのとき考え始めたの、彼女はやっぱり誠実なのじゃないかと……。そうだったわ、可哀相に、でも私たちは非常事態に怯えていたから……」

9

〝ほら、ジュスタだ。〟

ほら、彼女。そうして？　それから？

「それから。ある晩のこと……。ある夜のこと……。つまりある夜、彼女が寄宿舎にいなかったの。私は思ったわ、呼びかけの署名集めを諦めて、別のアピールに応じたのだと。男の友だちがいるのだと。そう思って私は喜んだわ。そうして彼女に言った――もちろん頭の中でよ――〝やっとあなたは守るべき本当の大義を見つけたのね！〟……ところが、朝、降りるときに階段で出くわした。どうやら、その夜一緒に過ごしたのは一人の男ではなく、大勢、多すぎる大勢だったように見えた……。でも笑っていたわ――言うことに――〝ちょっと原・則・問・題・の議論をしたの、機関に対して。わたし満場一致プラスワンを取れなかった、だから今夜、昨日のところからやるの、つまり初めから……〟そうしてまた笑う！　次の夜も寄宿舎にいなかった。それから幾晩も。ある朝——まだ目覚ましも鳴らないうちに——彼女が入ってくるのを感じた。でも明かりは点けずに。どうやら壁に寄りかかったままでいるみたい……。やっと壁から離れると、自分のベッドの方へ向かって、どうやら座りたいような、だけど……。〝さあ、落ち着きなさいな！〟と言うと、〝ディアナ、起こしてごめんね、でもあなたが必要だという気がして……〟私は起きて、明かりをつけた——〝どうしたの、あら、もしかしてだれかになぐられたの？〟と訊ねると、〝それは正確な言い方じゃないと思うけど。でもお願い、手伝ってほしいの、脱ぐのを……〟そのとき、手を見ると——あの素敵な手が——腫れて、赤と紫と、ここのところ、二の腕の皮膚が剝けて、血だらけに——。〝なぐられたのね！〟〝宿題ができなかったのよ〟と言って笑う。〝罰を受けたの、小学校みたいに、定規で手をぶったの〟レーンコートを脱がせ、徳利セーターを頭から抜き取り……。〝今度はうつ伏せにならせてくれない、その姿勢が一番体によさそうだから〟という。〝お尻をぶったのね！〟〝尻じゃないわ。けつ。けつを、プーランで、プー・ラン。今はそう言うのよ、プーラン！〟手伝ってうつむけに寝かせる、枕なしで。私は訊ねた。〝あなたを放っといたの……彼らと？〟〝そう、大変な施しをくれたの、彼らと……〟

「彼らとってなんのことだい？」と訊ねるぼく。どんな施し？

ディアナはぼくを横目でじっと見る。そうしてまぶしいみたいにぱちぱちまばたきしながら。

「あなたたち、男なら、それはもっと簡単よ、ずっと簡単。**彼ら**もやはり男。でもね、私たち女は……。何かと問題がある……プ・ロ・ト・コ・ル上の、とトリアなら言うわ……」

「ぼくにも分かったと思う」

「分かった、ちぇ！　君ら男性は……。君らは、しかも教練でもどこでもスポーツをやるとき……。ところで**彼ら**のところへ行く羽目になって、たとえ君らの下着を脱がせたとしても……」

「分かった、その話はやめて……」

「いいわ、やめましょう……。いえだめ、やめない――なぜやめるの？」――そうしてディアナは猛然と巨大になって立ち上がる。

「想像できるから……」と言おうとする。

「想像できる――くそったれ！　想像のくそったれ！」

ディアナのこんなしゃべり方は一度も聞いたことがなかった。たしかに、最後に話してから長い歳月が過ぎてはいる。

「想像するって！　もういい加減にしてよ！　旦那の努力は超人間的、でも、多年にわたる戦いの末、大の大成功を収める。想・像・力！　ブラボー！　おめでとう！」

「最終情報によれば、ぼくは刑務所帰りの人間だ――それも君のような数か月じゃなくて……」

「もう、いい加減にして！」ディアナはかっかする。空気を払いのけながら「数か月！」

「だって君がそう言ったんだぜ――もっと長かったのか？　どのくらい？」

「私は……。いいわ、数か月よ——でも期間が問題じゃないの。私の話したことから君が分かったのはそれだけ——つまり……君は、男は、理解できないの？　君は想・像・す・る・わけ、君は刑務所に数か月じゃなく数年いたから、君も拷問されたから、君もはずかしめられたから、理解すると言うの、奴らの間で四つん這いになった女の身に起こったことを——それはたった数時間だからと言うの？」

「いいや、そういうことじゃない」

ディアナは静まった。でもはあはあ荒い息をしている。呼吸で——どれほど深い呼吸か分からないが、巨大な胸がふくらみ、しぼみ……。

「監獄をくらった男たちと話したわ、君たちがどんな目に遭ったか聞いたわ。——ドナウ運河のことも、マラムレシュの鉛鉱山のことも知っているわ、ピテシュティで学生たちがやられた話も聞いたし……。分かってよ——私は、たとえば私の方がもっと苦しんだとか、君よりもたくさん殴られたとか、もっと痛い思いをしたとか言うつもりはないの。でも問題は苦痛の強さでも激しさでもなくてね……。君に、男性に、**彼ら**が〝ズボンをおろせ、悪党め！〟と言うなら、もちろんのこと、打撃の痛みを、単純な痛みを味わうより前に、屈辱を感じるわね。でも君の痛み、男性の痛みは、君を殴る彼らも同じ男性だという事実によって、消えはしないまでも、いくらか薄らぐわ。〝悪党〟のような文句は、彼らにすれば罵倒でも、**彼ら**が政治上の対抗者、敵対者に対して、道徳的見地から、〝われわれの側でないものは、悪党だ〟という決めつけなのだから、君の耳には褒め言葉に響くわけ。けれども、女性にとっては……」

「女性は刑務所に用はない、それは……不適合だ。ほら、たとえ〝**受刑者**〟という単語の女性形が存在してもそれは人工的だね、〝**女性受刑者**〟の方がいいな……」

「くだらないことを並べていないで！　いいえ、女性形は存在するわ、それもちっとも人工的じゃなく、でも拘留女性（デツィヌータ）のことじゃなくて、留置女性（レツィヌータ）のこと！　つまり、査・問・中・の・女・性・のことよ……。というのはね、たとえ二つの衣服の間に、いわゆる機能的類似があるにしても、たとえ形式上は混同され易く、相互交換可能であるとしても……。何と言おうか？　それぞれの意味は別、全く別なの――つまり言いたいのは……。どう説明すればいいかしら、君は、男性は――たとえ同じ試練を経験しても――男性が私に〝パンツを脱げ、売女（ばいた）！〟と言うとき、私に、女性に、何が起こるか、男性には決して理解できない――そうして、君は笑うでしょう、でも売女と呼ぶだけじゃすまないのよ……」

「分かったと思うよ、先へ進もう……」

「先へ……いいや、進まない！　いや、だめよ！　こんなことをいい加減にはできないわ！　何よ、豚野郎が私に売女と……」

「ディアナ！　ディアナ……。君の言う通りだと分かり始めたと思う、でもね、誇張の印象がある。もし、君にそれを命令したのが制服の〝豚野郎〟じゃなくて、女……〝女性キャプテン同志〟なら、たとえば――あのティミショアラ・セクリターテのセルビア女のことは聞いているはずだ。ヴィーダ、有名なヴィーダ、肩章付きの男らが失敗したとき——あるいは即座に成果が上がらないとき、しゃしゃり出るあのヴィーダならどうか。ヴィーダには特技があった……」

「知っている、聞いたわ。その男たちのきんたまをひっぱたく前に、女性ヴィーダは命令するのだ。〃パンツを脱ぎな、この悪党め！〃と」

「その通り。ただね、男のきんたまをひっぱたくまをひっぱたいた」

「でも同じことじゃないわよ！　男が女の命令で脱がなくちゃならないパンツは、意味がちがうわ、詰め込まれた重みが違う……——そうよ、詰め込み！　それが分からない？　いいや、分かっちゃいない——せめて、もしその命令のあとで、君が強姦されたら。せめて、もしたくさんの軍服に、たくさんの軍靴に、君が輪姦されたら——君は思うでしょう、運悪く休暇中の新兵野郎どもに捕まったのか、あるいは大解放者たる赤軍が解放してくれたのかと……。せめて、もし棒を、椅子の脚を突っ込まれたら、蛇口からつながったホースを差し込まれたら、**彼ら**のいわゆる証言を取るためにね……」

「先へ進もう、わかったよ、十分……」

「十分……十分？　もう十分！　私もそう言っていたわ、私もそう叫んでいたわ、ポンプで注入された時、ホースの水で膨らまされた時——でもその時叫びまくった、ほとんど歓喜のうなり声で、心の底から吠えていた——それは純粋な苦痛だった、それは涙のような透き通った屈辱だった——苦痛と凌辱と腹裂き——私たちはそれを知っているの、イヴの時から承知しているのよ！　知っているのよ、神か悪魔が私たちを、話によると、君らの肋骨から引き抜いた時から、そうして、君らは、男は、そこがそのままでいるのに、私たちは、女は、空っぽで一杯……。いいですか、あんた、みんなが至る所で叫んでいる、怒鳴っているのが聞こえるわ——〝忘れまい、ナチの悪業を！　ナチが数百万のユダヤ人、ジプシー、ウクライナ人をガスで殺し、焼いたことを忘れてはならない……〟大いに結構——忘れてはならない！　でも私に何が聞こえなかったか分かる？——せめてたまにでもよ？　**ユダヤ女、ジプシー女、ウクライナ女**のことは聞こえなかった！　そうして、いいですか——犠牲者のほぼ半分が〝女性要素〟ですよ。同意します——残虐の限りだ！　同意します——反人類的犯罪だ！　でも間違っても反女性的犯罪という言葉は聞こえなかったわ！　なぜなの？　なぜならば判事も、検事も、歴史家も、年代記作者も、まずは男性だから？　でもいがみ合いを、戦争を、大虐殺をひきおこしたのは君らよ、男性よ！　君ら——たとえ君らが〝めんどり〟を探さねばならないのだと、ヘレネがトロイ戦争の原因だったと言い張ろうとも！　でもやっぱり君らは最後の一人になるまで殺し合うしかない、その最後の一人と一緒に私たちはもう少し馬鹿じゃない新しい人類で地を満たそう。どうして君らが、男たちが殴り合って、そうして私たちが、女が打撃を引き受けるの？　それもなんたる打撃を……。一つ馬鹿なことを言いましょう、多分、多分不当な言い方でしょう、でも言うわ——百人の男性が受ける拷問は、全部合わせてもたった一人の女に対する〝パンティを脱げ！〟にも足りない！——君もパンツを脱ぐ——仕方がないから、それはそうでしょうとも……何のため？　君をどうしようと？　やるため？　犯すため？　回すため？　いやいや、ただお尻をぶったたくだけ……」

「分かった、分かりましたよ、十分に……。ところで、君は言ったね、やつらはトリアに……。彼女に何か施しをくれたと言ったな……」

「えい、そうよ、施し。そのときは、忘れられない〝莫大な施し〟。けれども次の〝呼び出し〟では……。引き続く呼び出し……。そして一つ細かいことだけれど、そう、ほんとに全く細かいこと――ジュスタはバージンだったの……」

ほら、ジュスタだ。――で、その**男ども**とはだれだったろう？　なあに、だれだって構わない。まずぼくの査問官連中。アラドのツルレア少尉か、細っこい若いやつだったが、二年後にはもう別人みたいで、でぶの、水ぶくれの、ソーセージなみ、眼はまぶたでふさがり、もう長靴も脱げなかった。バイレシュテイのギョルゲ・ヴァシレ中尉か、二十年後に再会したときは大佐でラーホヴァの司令官だったが、われわれを、「七七年憲章」に呼応した仲間を粛清した功績で将軍になった。それから必ずいたはずなのがムシェテシュテイ＝ゴルジュのエノイイウ、悪名嘖々(さくさく)たるギョルゲ・エノイイウ大尉、ぶんなぐりマシン、拷問屋……。

「査問官のだれかの名前を言ったかい」

「いいえ。言わなかったと思う。もし顔付きや体つきでも言ってくれたら、〝私の係〟と同じ奴だったか、分かっただろうけれど。私もやつらの名前は、もし知っていたとしても、覚えていないし――階級だって今じゃ分からない。とにかく、一番……おそろしいのはある大尉ね。そいつを見たことはないけれど、私を取り調べている連中がおどかすの、私のことを……答えが不十分だと思う度におどかしたわ、〝ちゃんと認めろ、でないとあの大尉を呼ぶぞ！〟って」

「エノイウ大尉のことにちがいない。あいつがわれわれを担当した——一九五六年の秋に特設学生課SSができた。内務省の一つの階全部を使っていたが、課長はただの大尉だった——だがなんて大尉だ、このエノイウめ！　退職後はファガラシュあたりに引っ込んだな……」

「エノイウ……。その名前に何か意味があると思って？　もし**やつら**に仕返しができるなら名前をなしにしてやりたい、忘れることで罰してやれたら……」

「君の権利だ。だがぼくの考えでは、本当の罰はまさに連中の名前を見つけて暴露することだ。なぜって、**彼ら**は軍服の後ろに、軍事上の秘密の中に隠れるだけじゃない、名前（本名か偽名かは問題じゃない）**の中に**も隠れるのだ。犠牲者は忘れることで罰したがるだろうと奴らはよく承知しているからな……」

「君を見ていると……」と言いながらディアナは大きなお腹を撫でる。（今度は妊娠なの、この二度目の訪問のとき、まずそう言った）。「君を見ていると、可哀相にと泣いてもいられないわ。これから先も——まだ先もやるなら、何が君を待っているか考えるとね……。この前も言ったけど、私は教訓を学んだの——もうやりたくない！　ほんと言うと、あの一九五六年のときにも私はやる気はなかったの、たまたまアンドレイというミルクに落ちた蠅。だってそうでしょう、私ハンサムなアンドレイを愛していて、逮捕された者の〝フィアンセ〟が流行りだったから、私も〝フィアンセ〟ですと宣言したわけ……。ただね……。認めましょう――あったことはあったことで、だれも賠償など求めはしない、だれも報酬を主張したりはしない。とは言っても、やはりどこかに、なにか不当なものがあるわ。私のケースでは、つまり、アンドレイのフィアンセだと言明して、その結果を引き受ける――まず呼び出し、次に〝留置〟数ヶ月、ありとあらゆる――中でも〈パンティを脱げ、売女！〉……。それから釈放、でも大学からは放校――それから食べるパンを探して国じゅうをうろうろ歩き――そうして、分かると思うけれど、とにかく女にはいろいろとむずかしい……。少なくとも、どこでもチーフはみんな男で、勤め先を探す女は、セックスしてよ、と〝求める〟女だという事実のために（たとえ、求職女子にサービスはできない、セクリターテが許可しないということをチーフは承知していても）。やっと雇用される――女はどんな仕事でも、どこでも、働く。だが男は――全員、上級チーフも、中級チーフも、下級チーフも、一番下のヒラも――彼らも欲しがる、違う？　要するに、この女は神に作られたのさ――セックスされるために、違うか？　そうしてなんの問題があるというんだ、それが刑務所にいる友人の妻でも？　刑務所にいる同僚の妹でも？――まだ自由な男にとって、まずその女はやれる、心配なく――だれに不平を言うものか？　聴いてよ、だって私はやっぱり忘れることで奴らを罰したいから、あるできごとを君に話したいの……。分かりやすく、問題の女性の〝データ〟が私と同じとしましょう

——女子学生、呼び出され、留置され、それから釈放され、でも大学を追い出される——親は彼女を家に置けない——養えない——で、職を探さなくては。そうしてシャベルの仕事しかなく——掘る、けれども確認したところ、男女平等の条件下、彼女のシャベルは男性のよりもはるかに……平等なようだ。そして何かほかの……それほど平等でない仕事を探す。でもどれもこれも同じ条件——〝おれとセックスするかい？——パンをやるぜ——お上品ぶるのか？——ぶるがいいさ、でもおれ様にじゃなく……。〟そうして、ある日……。」

デイアナはふっと口をつぐむ。手で空を切るゼスチャー。

「話が逸(そ)れたわ——どこから始めたっけ？」

「ジュスタから。で？　その先は？」

「その先は——何もない。ジュスタのことでまだ何か言うことがあるかしら、この前全部話したわ」

「ちょうど何か森のことを話し始めたところだった、だけど中断したんだ。君の彼氏の話が帰って来てね」

「何か森のこと？　でも話したじゃない！　違う？」

それはそうだ、話した。だが続きを聞ければ、もっと〝優しい〟新しい話が出るだろうと期待していたのだ。

「いいわ、じゃあ……。つまり彼女を毎晩召喚していたころだった。大体分かっていたの、晩、八時頃、いつも一人で行っていた――私たちの〝カルパチア寮〟から内務省までどのくらいかな、三百メートルか四百メートルかな？　距離はどうでもいい……。要するに、話すわ……。私もそのころよく呼び出されていたの、昼間や夕方、普通は昼間ね……。とにかく、私は深夜からあとは寄宿舎にいた。ある朝、この時はもう目が覚めていたけれど、ほら、トリアじゃない！　私は湿布を用意していた。だからすぐとりかかった。脱ぐのを手伝って……。でも今までと様子が違った。がちがちに凍えて、歯が白くて、口を閉じる力もないみたい、凍えきってもう震えもしない。〝どうしたの、門番が通さなかったの、眠っていて？〟〝いいえ〟と言う。〝今ね……。今、小・散・歩・をしたの〟私は思った、また一つ〝術語〟を覚えたのね、違う方法でやられたんだ、と考えた。実際、汚れたコート、汚れた靴下、潰れた靴を見れば、いつもの内務省とはちがう場所から帰ってきたのだ。髪には泥だけでなく、枯れ葉まで着いている……。〝ショールはどうしたの？〟と訊ねる。あれは私のショールだったの。〝ショールね――あそこにあるかな……〟〝あそこってどこ？　やっぱり奴らのところ？〟〝やっぱり奴らのところ。みんな奴らのところ。奴らのところ、だけど別の場所……〟〝別の監獄へ連れて行かれたの？　ラーホヴァの？　ウラヌスの？〟〝違うと思う、分からないけれど、はっきりしているのは森の中を小・散・歩・したの……〟」

ここまでは、何も新しいことはない、前回の話と特別に変わったことはない。

「私は脱がせて、寝かせて、ぬれタオルで拭いて、きれいにした……。奴らはまたトリアの尻を殴ったのだ、古傷の上に新しい傷痕が見えた。〝でもあれはどこ……〟と訊ねた、穿いていないから。〝コートのポケットのはずよ、もう穿かせなかった。奴らは私が処刑の時パンティを穿く値打ちはないって〟――そうして笑うの、きちがいみたいに！　そうして笑いから涙へ、また笑いへ……。パンティはコートのポケットにあった、打撃で千切れて、血まみれ。トリアは背中にも打撲傷があったわ。肩にも。胸にも、腹にも……。腿の内側の棍棒の痕は襞なんかじゃなくて、――、襞といえば至る所あらゆる襞だらけだけれど――この痕は刺し傷の大集合と言うか……。トリアはあとで私に言ったよ、小散歩の前に、あそこで、内務省で、ワンラウンドぶったたいたあと、くすぐりのワンラウンド――もう一度ワンラウンドぶったたき、次に刺し……。その時、私はあの腿の内出血の紫腫れを見ながら訊ねた。〝その上何を奴らはやったの？　もしや……？〟〝銃撃〟と彼女。比喩だと私は思った。そうして、強姦でなければ、奴らの道具でなで回したに違いない――あの時期、ほかの女子学生から聞いたし、その後自分の身で味わっているし。〝もういいわ、今は止めて、眠って。またあとで話しましょうよ〟〝いいえ、今言うわ、だって眼が覚めるときどうなっているか分からないもの……〟理解の外だった、理解したくもなかった――分かるわね。ありがたいことに、二人きりだった。部屋のほかの学生たちはよそへ越していた、逃げてしまった、私たちのフィアンセの問題に関わるまいと……。」

ほら、ジュスタだ。

10

そのあと彼らは言った、処置なしだと。私のことは。私は腐っているから。腐り切って、悪意に満ちて、敵意に満ちて。たっぷりと。正直にそうだと認めろ。正直に認めれば、そうしたら。もし契約にサインすれば、そうしたら。でも私はしない。それはやつらの、兵隊流の冗談だと思っていた。ばかだったわ——あいつらがそう言った時は——。それで解放されると思っていたの、今までのように、二発か十発かの平手打ち、定規で手のひら、尻にプーラン——で、さあ終わり！

でも違ったの。検査用の黒眼鏡を掛けさせ、脇を抱えてエレベーターで下へ。エレベーターだと分かって、喜んだ、いつも脅かされていた下へ行くのだと思って、つまり監房、つまりとうとう四人になる——政治犯に、ただ召喚されているだけではなく。

私はこう思った。うれしい。外ではもうすることはない、外の世界は私には終わった、私は出た、世界は残っている。私は死んだ、世界はなお生きている、同じカテゴリーでの殴り合いじゃなかった。つまり、同じ組織ではなかった。結局、私は後ろにある世界に十字架を立てたと言いたかったのだ。前の世界はどう見えるのか知らないまま、軍靴だけ見ていた。靴を——長靴でもよかったろうが。

だが奴らは違った。一仕事のために、私を地下まで下ろすのではなく、外へ出した、冷たい空気を感じた。中庭の空気、冬。私の足で十一歩のあと、止まれと言った。前に車がある、足を上げろ。

上げた。男が——感じでは大男、でもきいきい声でアラド風のアクセントで——もっと高く、と言った、もっと、もっと、膝が顎につくまで。私はそうした。やつらは（五人ぐらいだった）笑っていた、言っていた、もっとだ、見えないからと、そうして私の何を見たいのか分からなかった、眼鏡のせいで私には何も見えないし、車にも触らなかった。

チーフみたいなのが来た。しゃべり方はオルテニア訛りだった。私の襟首をつかんで、こう押して車にぶつけた。乗れと言った。

奴らの車に乗ったのは初めてで、座り方も知らなかったけれど、オルテニア人が私の後から右側に来て、すぐ分からせた。左側の男はアセトンの臭いがした。オルテニア人は私のうなじをひっぱたいて命令した。

「割れ目に頭をつっこめ、この畜生の売国奴の売女！」

どこに何を入れるのか分からなかった。二人して私の頭を、うなじを殴り始めた。いつか見た鍛冶屋と職人みたいに、よく心得た仕事の感じで代わりばんこに殴って、私の頭を下げさせた。次に右側のオルテニアの鍛治屋と左側のアセトン臭い職人は、私の腿をそれぞれ内側から摑んで引っ張って引き裂こうとした。でも私は頭を殴られていて声も出せず――そのあと、だれがどうやっているのか考えた。アセトン野郎は右手で私の後頭部を殴りながら左手で左脚を引っ張っていた。オルテニア人は左手で頭を殴りながら右手で右足を引っ張っていた。でも私は腿を引っ張られなくなったときだけは喜んだ。私の頭は両腿の間にあり、今は両手と両腿で押しつけられて耳がふさがった。実際の所、自分の腿で耳をふさいでいた。彼らはがんがんと殴り続け、私は足の間で、〝売女の売国奴！〟と言っていた。彼らはがんがん、私は〝売女の売国奴！〟。

ほら、ジュスタだ。ストップで止まった。検査眼鏡をかけ、中は真っ黒、今は路上――白い――平らな――石膏のような。

そして私は進み、そして進み、そして進んだ。奴らは止まった。私を下ろし、歩かせ、歩かせ、歩かせ、雪の匂いがし、煙の匂いがし、オルテニア人が、ここはごみの穴だ、これが私の――売女の売国奴の場所だと言った。

（そして彼らは進み、なお進み、初めて止まると、彼女を車から下ろし、ごみの穴の中が彼女の、人民の敵の、売女の、何やらの場所だと彼女に言ったの。穴はどれほど大きいか、中はどうなっているのか分からなかったの。）

穴の中で人が何か燃やしているのか、それとも人が燃えている匂いなのか、分からなかった。誰かが私の眼鏡をはずした。オルテニア人が私に降りろと命令した。〃まんこへ、穴へ歩くんだ!〃と、そう言われたけれど、ごみの穴にどうやって降りるのかわからず、言った、どうやって……。オルテニア人は笑って、だれかに合図した——そいつは、見えないから足を上げろとアラド訛りで言ったやつだ——そいつは〃このおたんこなす、わからねえだと……〃と言うと、私を穴の中へ蹴り込んだ。

ほら。それから。

(彼女は落ちたの、けれども穴の底までは転がらず、縁から一メートルほどの雪の中で止まると、セクリターテ連中はありとあらゆる悪口を並べだした、なんで命令通りにしないのかと。)

おれたちにはむだに潰す時間はないんだから、ほかにも粛清すべき敵がまだいるんだ、歴史のごみ箱にほうりこむ女子学生売女がまだほかにいるんだ、そうして、もしその場で射殺されたくなければ自分で穴に入り込め。私はそうした。それは穴らしい穴ではなく、つまり土葬や火葬の穴ではなかった、でももしまず一人だけの敵を焼くなら? 千人どころではなくて、全部は見えなかったけれど、でもルーマニアの学生全部、いやハンガリーの学生まで入れられそうな洞穴、峡谷、窪地のようで、これはよほど太っ腹だぞと、そう考えながら私はずるずる滑っていた、腰を横向きに、雪の上を、静かに、ほとんど優しく、あまり速くはないけれど、でも止められず、コートとワンピースの裾が後ろに流れて、雪と凍った土が肌をこするのを感じるけれど、それはひどい火傷のようなものではなく、むしろひんやりしていた。同じ場所をプーランでなぐられたのではなく、オルテニア人鍛治屋とアセトン職人の手は腿の外側のそこの肉を引き裂いたのでもなかったけれども。それからまる一日一夜、なお一日滑り続けたけれど、不安はなくて考えていた。もし、今、こんな近くにいる私を奴らが銃撃しないなら、もっと向こうに行けば、下に行けば、蔭になればもう手を触れることもできないだろう、そうして、どんどん狭くなる孔をくぐって地球の裏側へ抜けられるだろう、そこなら確実にらくらくと逃げられる、絶壁の出口の歯で裂かれたり剝がれたりすることもなく出られる。

そこまでは行き着かなかった、ブリキの樽のような物にぶつかって止まった。大して離れていないと分かった、奴らの声が聞こえて、悲しくなった——悄気た、と彼のお母さんなら言うように。連中の声は、元のところへ戻ってこいと命令していた。そこまでだ、登って来い。〝あん畜生！〟とトランシルバニア人、〝見ちゃいられん！〟とオルテニア人が怒鳴る。

（こうして彼女は登り直したわ。とても大変だったけれど、なんとか。穴の出口へたどり着いた。**奴ら**は腕をつかんで引っ張り出した。キャップのオルテニア人は、雪だらけだからよく落とせ、車のシートが汚れる、と言った。）

ほら、ジュスタだ。車の前で雪を払う。

私が雪を払うと、キャップが言う。〝全部落ちていねえ、凍ってるからな、オーバーを脱げ、車の中は暖かいぞ。〟するとこれからすぐ入る車の暖かさで急に暖まった感じがして、オーバーを脱いだ。〝戻れ、売女、穴へ！〟そう言われたけれどわけが分からず、トランシルバニア人が私の片方の足を腹に着くぐらいに上げて、〝こん畜生！〟と言いながら背中から穴へ押し込む時も訳が分からずだった。この〈人民ルーマニアの盾〉は私よりもっとハンガリー風だったけれど。

（連中はここへ登って来いと怒鳴ったわ。これで終わりだからな、ちょっとおどかそうと思ったんだ、OK、おどかした、さあ家へ帰ろうぜ、女房子供が待っている……。そうして彼女は這い上がったの、手を泥だらけにして……。）

私が服やブラウスの雪を払ったあと、キャップが服の雪が取れないと言った。繊維に染みこんで泥が凍りついた、車は暖かいから溶けて泥だらけになる、服もブラウスも脱げ、車の中で暖まるさ。

（彼らはさあ脱げと言い、彼女は言われるまま、靴とパンティだけになったの。）

パンティだけの素裸になると恥ずかしくてたまらなくなり、そこで両手で顔を隠した。連中は周りで笑い、何てみっともないへそだ、みっともない乳房だ、と言うので、そこを隠すのだけれど、するとほかの醜い恥ずかしいところが見え、オルテニア人の声が手を離せ、よく見えないからと言った時、トランシルバニア野郎の軍靴はもうたくさんだから、自分で離した。

（彼女はもう出る気もせず出られもしなかったの、そこで、連中が引っ張り出さなくてはならなかった――ロープを持っていた、用意していたのよ、間違いなく今まで穴から何人も、パンティ一枚で、同志ディアコネスク言うところの敵性売女反革命女学生をひっぱりだしたのだわ。）

上へ戻ったとき、片方の肩を摑んで引っ張り出したあの男が胴体に締めたロープを引いて見せると、例のトランシルバニア野郎の声がした。〝じゃあ首を吊せばどうだ、同志よ？〟すると誰かが、まず回しをやろうぜとケラケラ笑った。けれどオルテニア人は怒鳴った。革命の担い手は回しなどやらん、革命の担い手は「機関」にふさわしくないそんなことはやらん、そんなことは労働者人民のセクリタートじゃなくブルジョア地主セクリタートにやらせておくんだ。

（ジュスタに服とシャツとコートを渡したの。彼女は着た。車に乗せられた。）

私を車に乗せた。今度は眼鏡を掛けさせず、頭も殴らず、敵性売女の割れ目に頭を突っ込むために脚も引っ張らず。

（しばらくの間は彼女に丁寧に振る舞い、気遣いさえ見せた。）

窓の風が当たらないか、寒くないか、窮屈ではないかなどと訊ねていた。オルテニア人は煙草の煙が迷惑ではないかと訊ね、私は一本欲しいと言いそうになった。やれやれ、まだ煙草を吸おうなんて。

（彼女は車が街へ向かわず、森に入るのに気がついたの。）

私は訊ねた。自分の静かな声が気持ちよかったわ。〝どこへ行くの、同志たち？〟五秒ほど静まりかえったと思うと、キャップのオルテニア人が吠えた。〝お前は、俺たちをハンガリーみたいに街灯に吊したがる悪党どもの同志だ、おれたちの同志じゃねえ！〟と言いながら殴り始めた、でも今は前みたいに順繰りでなくめったやたらに殴り、運転手と並んでいたケラケラ笑いの男も振り返り、それどころか運転手も殴り始めたけれど、前方注視のままで中々私に当たらない。するとオルテニア人は私が下に敷いていたコートをひっくり返して私をくるんで、殴られても動けないようにした。そしてアセトン野郎とオルテニア人の二人は腎臓があるというここのところを打って、私はいつ車が止まったか感じなかった。気がつくと雪と落ち葉の中だった。

ほら、ジュスタだ、停留所で、乱れたコートと服を背から頭にかけて、転がって。

(やっと今、彼女にもセクリターテを満載した三台の車が見えたの。連中は降りて、雪の上で足踏みしていた——おそらく寒くて、おそらく待ちかねて。)

オルテニア人は私を立たせて、コートの裾を直し、雪まで払い、囁いた。〝さあ、きちんとしろ……〟私は自分なりに察して言った。〝ここで、みんなの前で?〟彼はそれが決まりだと肩をすくめ、私はあなただけか、ほかの人もかと訊ねたけれど、すぐに、私にとっては最初だけが問題よと言った。彼は分からない振りをした。彼らは理解するなと命令されている、這いつくばった男は全部悪党、女は全部売女とたたき込まれている。大声で、パンティをよこせと命令して手を伸ばし、私がどうしたらいいか分からずにいると、吠えた。〝処刑の用意だ、目隠しに何を使う気なんだ? すぐ脱げ!〟

(彼女はそれを——脱いで、それを彼女のいわゆる——オルテニア人キャップに渡した。でもオルテニア人はそれを彼女の目の前で振り回すの。)

そうしてどなりつけた。〝この敵性のすべたの売女、国家機関のこの俺様にてめえのしょん便だらけのパンティを渡すとはどういう気だよ?〟私は気がつかなかった。溶けた雪のせいで濡れているのかもしれなかった。

(自分で目隠しをしろと命令したの——処刑の用意に。)

私はやってみたけれど、目隠しにするための材料として十分な大きさがなかった。そう言った。彼は手で押さえろと言った。そうした。

(オルテニア人キャップは彼女の腕を摑んで森の奥へ連れて行ったの。足の下には踏まれていない落葉と雪を感じていた。)

どんどん奥へ進むうちに、車のかけっぱなしのエンジン音がほとんど聞こえなくなった。

(オルテニア人が彼女をとめて、ここまでだ、お祈りしろと言ったの。)

お祈りしろと言われた。私は終点に着いたと。そうして、目隠しはできているから、ついでのことに耳を両手でふさげ、発射の音であまりびっくりしないようにな、と言った。

(〝用意はいいか?〟とジュスタは訊かれたのだ。)

で、私はうなずいた。いいと。つまり言葉は聞こえていた——でも射撃音はあまり大きくなかった。何発も撃つ?

(ジュスタは待ち始めた。)

待った。待った。待った。待ち。

しばらくして、もうずっと前にあの世へ移って来たのだと思ったけれど、いつ移ったのかは気がつかなかった。実は、耳は両手で目の前はパンティでふさがれて、発射は感じなかった。弾丸の痛みがあったかどうか思い出そうとしてみたけれど、なんの痕跡もない。数も。記憶も。死んだのだと分かった時、耳から手を、目からパンティを外したので、また見聞きできるようになった。

（連中はブカレストから遠い森の中にジュスタを置き去りにしたのよ。彼女は当てずっぽうに歩いているうちに開けたところに出て、そこでは空が見えた。そこから明かりの見える方へ向かって歩いた。何時間もかかって町外れにたどり着いて、そこから電車に乗った……。）

ほら、ジュスタだ。たどりついた停留所。右手に何か、丸めて持っている。ああ、そう、目隠しだが、材料が小さすぎて、頭から頬全部は隠れず――ただ付いていた、目の前に付いただけだったものだ。

ディアナは忠実に物語った――初版だ。そうして初めてこっちへ声をかけた。

「さあ、ミスター！　目を覚ましたら！　なぜそうやって、目をつぶったままでいるの？」

全くその通りだ。なぜこうして――彼女の言ったとおり――目をつぶったままでいたのだろう？

どうしてなんだ、なぜ連中は一度もぼくにはこんな処刑のふりはしなかったのだろう？　ぼくには違うやりかただったじゃないか？　ああ、両親の隣の房に……。それだけか？　妙だ、つまりぼくは自分の幸運を喜べたということだ。正しくボリシェヴィキ的に逮捕され、正しくプロレタリア的に訊問され、正しく人民的に刑を宣告され、正しい刑務所へ送られた、売春婦つきのきれいなホテルでこそなかったが……。あるいはそんなおぞましいことは女にだけやったのか？　違う。大勢の男にも——でもぼくはやられなかった。

「なぜ奴らはそんなことをやったんだろう、ジュスタに？」と、ぼくは訊ねる。

「たぶん私たちは、他のみんなは、もともと敵そのものだった——ノヴィコフが君に言ってたみたいな〝誠実ナ反カクメー〟だったのじゃない？——ところがジュスタは階級の敵への変節者、言わば裏切者……」

「あり得る。つまり、ぼくが初めからジュスタに話していたら、彼女を避けずにいたら、みんなと同じに、彼女も君のいわゆる誠実な敵として刑務所に入っていたはずということか、ぼくらと一緒に。そうすればそんな目には……」

「君がもっと早く、さっさと刑務所に入れなかったことを後悔していると思っていい？」

ぼくが早く入れなかったと？　監獄に？　なぜだ、ぼくたちはだれか他人に入れてもらわなくてはならなかったか、ぼくたちはそのくらいのことは自分でできたじゃないか？　たとえば、このぼくは……。でも問題はぼくのことじゃない、ぼくは決してだれかがぼくを監獄に入れたなんて、他人のせいにはしなかった！　あいつがおれをなんて！　そうさ。ジュスタだってそう思うに決まっている。そうさ——なぜなら彼女も入りたかった、入・れ・ら・れ・たくはなかった。ぼくがいようと、いまいと、ジュスタはやはりああなったはずだ——ぼくと同じで、いずれにせよ一九五六年の暮れにジュスタは外にいられれなかった。ぼくもだ、だが言うなれば、ぼくには自分が分かっている……。

「ディアナ、君はどうして監獄入りのことをそんなふうに言うんだい？　ぼくがジュスタを密告したか？　ぼくが彼女を審問に送ったか？　じゃ、どういうことだ？　例えば君は、監獄に入れられたと思っているのか？　だれに、そもそも？」

「そもそも、アンドレイによ……」

「君のことではアンドレイは立派だったと君から聞いているぜ！」

「だれかを監獄に入れると言うことは、たれこみとは限らないわ、審問にかけさせることだって……」

「それで？」

「それで、こうよ。だれかと連れ立って出かけて、その相手が右へ曲がるとき、自分は忠実に、まっすぐ進んで、垣根にぶつかる。あるいは歴史のごみの穴に……」とディアナは言う。

「それは違うと思うな。君とアンドレイは連れ立って出かけたのじゃない——アンドレイはつまずいた、転んだ、君は彼が起きるのを助けようと手を伸ばしたんだ……」

「それ以上ぴったりのイメージはないわね。彼は私の手をつかむとそのまま起き上がった——そうして自分の道を行った——でも私のことは転がったままにした……」

「そうは思わないな、思わない……。いいか、ジュスタとぼくにしてもそうだ。連れ立って出かけたわけじゃない——そもそも、あれの逮捕のことを聞いたのは、ぼくが釈放されてからだったし……」

「そうは思わないのは、一人の男として判断しているからよ。ところで私は、子宮で判断してつぶやくの、考えるの。一体どうしてこうなるの、人民の敵で私のフィアンセのアンドレイは、一九五六年十月末に最初の学生グループと一緒に逮捕された。審理、六年の判決。一年半後に釈放されたら、すぐにキューバ大使館に勤務ですって？　——ところでこちら、ばかなフィアンセは何ヶ月か逮捕されただけ、有罪判決もなしで——引きずるのよ——一年、二年、九年のうちの二年は……」

「でも連中は何ヶ月か拘留しただけと君は言った……」

「**彼ら**は——でも**彼女たち**は？」

「分からないな。この前も君はなにやら〝彼女たち〟とか〝二年〟とかほのめかしたが——彼女たちがどうしたのさ、二年がどうしたのさ？」

「なんでもない、なんでもない……。しつこくしないで、話すことは何にもないの。とにかく、私は話さないわ……」とディアナ。

11

「ほら、彼女だ」

ああ彼女だ、必然の出会いポイントを発明した者たちに感謝。

「やあ」と彼女が先にいう、煙草を捜しながら。

「やあ」とぼくが言う、先に煙草をまさぐりながら。

そうして笑う。笑う、見つめ合って、でもベルトから上だけを見て。いや違う。今はもっと上、マフラーよりもっと。――ぼくらの眼を吹き荒らして、口のかどにアイロンをかけた年月が三倍にも長く思われる。ぼくらの目の下と頬骨のふくらみは同じまな板で刻まれ、ぼくらの瞼は同じ革屋でなめされた。二人は足をひきずって灰皿の両側を歩く――こうして、階段を吹き抜ける風の中に屈んで煙草をつけたあと、橋をあとにする。今日は通行フリーの日。

ほら、彼女だ。

もうぼくらは笑っていない。二人の間にテーブルをさがす。灰皿を。いつものように、彼女は、コートを脱ぐ——手助けを断り——手が引っかかる、マフラーがからまる。ポシェッタが椅子から落ちる——ポシェッタを拾い上げる、椅子が倒れる。椅子を起こす、コートがずれる、襟を下に。どうしよう？　何もしない？　当時と同じように手助けしない？——それが原則、一般に男女は平等なのだから、特に彼女は、ああ見えても不器用ではないのだから、煙草に火をつける形でしか〝手助け〟は受け入れないか？　あるいは、今のように、手助けしない？——なぜなら、何一つ、本当は、変わらなかったのだから。分かっている、もし彼女の問題を解決してやろうとすれば、二人とも地べたで四つん這いになって、ひっくり返ったテーブルと椅子の下で、顔見合わせることになろう。

ほら——二人の間に灰皿ひとつ——これ以外に何が望める、これ以上に？　ジュスタはぼくに言わない、どうやって、いつ、どんな条件において（なおさら、どんな条件**によって**）パスポートを手に入れたのか、いつ国を出てやって来たのかも、いつになったらルーマニアに戻らない気になるのかも、言わない。〝ぼくの方では〟ここへ来て住み着いた次第を話す気はない。そうして、二人は似たような監獄の話を（次々に、たいてい同時に）することはないだろう。そうして、その後放り込まれたあの不自由の−中の−自由を誇ることもないだろう、その対称の中でぼくらはあの内務省の**地下**の監房よりもなお防ぐすべなく過ごしたのだ。結局のところ、何をいまさら互いに伝えよう？　今、空白を埋める必要を感じるには、あまりにも多くの、多すぎる時間が流れた。こうしていよう。このまま。二人の間に灰皿を置いて、このパリのカフェの中で、このパリの駅のカフェの中で、老人ホームの広間の中みたいに、灰皿の台の役しか果たさないテーブルをはさんで。二人は、テーブルの両側で、あらゆる計画を離れ、記憶を離れ、影薄く、あまりに大勢の手から手へ渡ったコインの表面のように平べったく（おお、どれほどの手がその肖像を撫でたことか……）、型取り前の石膏のマスクみたいにのっぺらぼうになって。

そうしてやがて静かに——そうしてやがて夕暮れに。詩人のマジレスクが（書いていた時に）書いたように。

一九八五年、パリ。

訳注

＊1　建築家ミンク通りとバルブ・デラヴランチャ通りはブカレスト北部の後出「文学学校」近くで交差する。

＊2　十月二十八日と十一月一日、隣国ハンガリーのデモ鎮圧にソ連が介入、戦車が発砲して大騒乱になった。

＊3　アンドレイ・ジダーノフ（1896-1948）――ソビエト連邦の政治家、前衛芸術を排撃した社会主義リアリズムの主導者。

＊4　モニカ・ロヴィネスク（1923-2008）――文芸批評家。一九四八年パリに亡命、一九六二年から「ラジオ自由ヨーロッパ」でパウル・ゴマら反体制異論派を登場させた。

＊5　『失われた手紙』古典作家I・L・カラジャーレの傑作諷刺戯曲。

＊6　一九四七年十二月、ソ連の占領下でルーマニアは王制が廃止され人民共和国となった。

同時代のルーマニアの読者には自明のこととして作者が一切の説明を省いている若干の事項と歴史的背景を、著者の経歴と重ねながら見ておきたい。

▼ベッサラビア

パウル・ゴマの反骨性は生まれ育ったベッサラビアと切り離せない。ベッサラビアとは近世モルドバ公国の東半分であるが、これはロシア語で、ルーマニア語では「バサラビア」と言う。中世にハンガリーの影響を脱して成立した「ツァラ・ロムニャニカ（ルーマニアの国）」初代のバサラブ一世創建王の土地という意味だった。十五世紀後半にモルドバを治めたシュテファン大公は四十七年の治世中にオスマン・トルコ、ポーランド、ハンガリーなどの周辺勢力から国を守り、三十六回の会戦に二度しか敗れず、その出陣の度に神の加護により勝てたら教会や修道院を寄進すると誓い、実行したという。その時代が経済的・軍事的にも文化的にもモルドバの最盛期であり、シュテファンはルーマニア人の最も敬愛する国民的英雄である。

露土戦争の結果、一八一二年にモルドバ公国の中央を南北に流れるプルート川を境として、東半分を帝政ロシアが併合し、これをベッサラビアと名付けた。西半分はモルドバ公国のまま残り、一八五八年にワラキア公国との統合公国を構成、一八八一年にルーマニア王国となった。

第一次世界大戦中に帝政ロシアが滅びて、ベッサラビアは革命後のソ連から独立の共和国となった後、一九一九年にトランシルバニア、ブコビナとともにルーマニア王国に統合された。しかし第二次大戦中の一九四〇年、パウル・ゴマ五歳の時に、モロトフ・リッベントロップ協定の密約に従い、ベッサラビアはソビエト連邦に併合された（この時退去するルーマニア軍を逐う赤軍の先鋒としてのユダヤ人の振る舞いを描いたのが後年の問題論文『赤い一週間』（二〇〇三）である）。一九四一年、ドイツ・ルーマニア軍の進出に押されてソ連軍が放棄したベッサラビアは三年間ルーマニア領に戻るが、スターリングラード攻防戦の勝利から反攻に転じたソ連は、一九四四年にまたベッサラビアを占領する。

第二次大戦後モルダビア・ソビエト社会主義共和国だったベッサラビアは、ソ連の崩壊後独立して現在のモルドバ共和国となる。ソ連時代に多くのルーマニア人のシベリア強制移住、ロシア人の移入があったが、現在も国民の多数はルーマニア人である。ソ連時代は公用語をモルドバ語と称してルーマニア語と区別しようとしていたが、いわゆるモルドバ語はルーマニア語そのもので、二〇一三年改正の憲法は公用語を「ルーマニア語」と規定する。『ジュスタ』には語り手がこの問題で御用言語学者グラウルをやっつけるくだりがある。

▼「妄執の十年紀」と「文学学校」

ルーマニア王国は一九四五年にソ連に降服、占領下の一九四七年末、ルーマニア人民共和国となって、国王は追放された。ソビエト化は政治経済面だけでなく、文化面でもジダーノフ批判と呼ばれるソ連のイデオロギー統制がそのまま輸入されて、いわゆる「妄執の十年紀」の暗黒時代を迎えた。詩人トゥードル・アルゲージを始め当代最高の文化人、思想家が発表の機会を奪われただけでなく、多数の知識人があるいは投獄され、あるいはドナウ運河建設工事などの苛酷な強制労働で生命を落とした。「妄執の十年紀」ただ中の一九五〇年、ソ連の「マクシム・ゴリキー文学学校」を真似てブカレストに「ミハイ・エミネスク文学・文芸批評学校」（略称文学学校、後に「研究所」と改称するが通称は元のまま、『ジュスタ』では作家工場といった俗称も使われる）が開設された。キセレフ通りのソ連大使館の隣で、全寮制。当初から校長よりもミハイ・ノヴィコフ政治委員が実質的リーダーであり、スターリンが「魂の技師」と名付けた新時代の革命に奉仕する「社会主義リアリズム」の若い作家・批評家の養成を目的とした。各地域・組織から三十歳以下の候補者が推薦された。欠乏の時代に生徒は贅沢な住居、食事を保証され、学費を支給され、エリートの待遇だった。一方、厳しい統制のもとで執筆制作の極端な猛訓練が実施された。中心的な「芸術の奥義」ゼミナールは、後に出版人となるミハイ・

ガフィッツァの担当だった。教壇にはジョルジェ・カリネスク、イオン・コテアーヌ、ミハイル・サドヴェアーヌなど当代最高の学者、作家も立った。後に名をなす卒業生には、事故で早世（陰謀説もある）した天才詩人ニコラエ・ラビッシュのほか、作家ファヌシュ・ネアグ、詩人ニーナ・カシアンなど、数多い。邦訳のある人としては、小説家ザハリア・スタンク（『ジプシーの幌馬車』）、SF作家ホリア・アラーマ（『アイクサよ永遠なれ』）、詩人アデラ・ポペスク（『私たちの間に一時間』）などが在籍した。パウル・ゴマもこの学校に入学するが、その後一年で閉鎖となったため、ブカレスト大学文学部に転入している。

文学学校は「失敗した実験」（ラドゥ・ブルブイエ）との見方がある半面、初年度卒業者（一九五一年）三十一人のうち、十五人が詩人、九人が小説家、一人が批評家となっている。同年の国立四大学文学部の卒業生合計六百二十人のうち、詩人となったもの十人、小説家十二人、批評家五人と対比すれば、統計は「作家工場」の生産効率を評価する。

ルーマニアの最高指導者ギョルギュ＝デジ共産党書記長の政策は始めソ連べったりだったが、一九五二年にアナ・パウケルらを排除したころからモスクワ離れが始まっていた。一九五三年スターリンの死がそれを加速させる。アメリカ大統領リンドン・ジョンソンがルーマニアを友好国と位置づけたほど。イリヤ・エレンブルグの小説『雪解け』は一九五四年に発表され、スターリン批判や米ソ緊張緩和をいち早く予感していた。こうした微妙な過渡期の文学学校やブカレスト大学が『ジュスタ』五章の舞台となっている。

▼セクリターテ

ルーマニアのセクリターテは普通「秘密警察」と称されるが、「国家保安局」というれっきとした内務省の部局で、秘密の組織ではない。訳語としては、「秘密警察」よりも、戦前の日本で「危険思想」の取り締まりに猛威を振るった「特高」（特別高等警察）を当てる方がましだが、国民生活の公私すみずみまで網を張った組織の絶大な影響力は特高とは比べようもないので、本書では無理に訳さず、ほぼ「セクリターテ」のままにしている。「セクリスト」はそのメンバーのことで、階級名は軍隊に準じる。ハンガリー動乱の治安回復の応援には多数のセクリストが動員された。

本文中で、国内のハンガリー人に連帯しようとしたルーマニア人学生がハンガリー人に罵倒されるくだりがある。ハンガリー人の失地回復願望と、かつてのトランシルバニア支配時代に無権利だったルーマニア人への根強い蔑視、それに対する歴史的に先住のルーマニア人の傷ついた誇りについて、セクリターテのチーフが振るう長広舌には、ソ連の衛星国時代に公式には隠蔽されていた両者の根深い排外主義的感情の衝突が赤裸々にされていて興味をそそる。初めの暴露集会で糾弾の対象となっているのはセクリターテの下っ端の異分子だが、後半、ジュスタに対する追及こそセクリターテの本領である。セクリターテの通報者は至る所に、大学では各クラスごとに配置されていた。ただし、あらゆる外国人の電話は盗聴されている、タクシーや有名レストランのテーブルの花瓶にはすべて盗聴器が仕込まれている、など針小棒大な噂には、当のセクリターテが（萎縮させる目的で）ふりまいたものがかなり混ざっていたようだ。

▼ハンガリー動乱からプラハの春・憲章七七

一九五六年二月のフルシチョフによるスターリン批判は東欧の衛星諸国に激震を走らせた。六月にはポーランドのポズナンで、工場労働者のデモが市民を巻き込んだ暴動に発展（ポズナン暴動）、これを契機として反ソ連の動きがポーランド全国に広がる。一方、十月二十三日にハンガリーで起こった市民蜂起はソ連軍の戦車隊の介入で十一月初めまでに数千人の犠牲者を出して鎮圧され、数十万人が国外亡命する惨事となった。この時隣接するルーマニアでは民衆蜂起に呼応するような動きはほとんどなかったとされる。

その中でパウル・ゴマは学生を扇動したかどで十一月に逮捕された。獄中体験から後に『オスティナート』『ゲルラ』などの作品が生まれた。この前後の話者とジュスタの関係がこの小説の一つの眼目になっている。

ゴマの投獄と軟禁の八年の間に、ルーマニアでもスターリン批判に始まる「雪解け」がある程度進んでいた。一九五八年にソ連軍を撤収させたギョルギュ＝デジが一九六五年に死ぬと、自主路線はチャウシェスクに継承される。一九六八年の「プラハの春」をワルシャワ条約機構軍が圧殺した時、ルーマニアだけがそれに同調せず、チャウシェスク大統領は西側の人気を集める。パウル・ゴマはこの時ルーマニア共産党に加盟するが、獄中記の『オスティナート』は出版を拒否されてしまう。「妄執の十年紀」とは縁を切ったはずの時代の出版界に、実は自己規制が厳然とあった。

ソ連軍による体制変革の直後からパリに亡命していたモニカ・ロヴィネスクらが「ラジオ自由ヨーロッパ」などでゴマの評判を広め、当局をいらだたせているうちに、一九七七年、チェコスロバキアで作家（後に大統領）ヴァーツラフ・ハヴェルらが「憲章七七」で人権抑圧体制を告発した。これに賛同するゴマの公開状を、「ラジオ自由ヨーロッパ」が放送し、ゴマは「社会主義への裏切り者」として国外追放となった。

▼チャウシェスク——輝ける自主独立の星から独裁の末路

「プラハの春」事件への態度から、若き指導者チャウシェスクは自主独立の星として欧米でも人気者となった。だがまもなく、文革の中国、金日成の北朝鮮を訪問してからルーマニア式文化革命を唱え、セクリターテを総動員して国内の締め付け強化に転じる。「憲章七七」事件はこのころのことである。

農業国から工業国への「多面的発展」を掲げて西側からの投資を歓迎したチャウシェスクだが、八〇年代にはそれを盾に取るアメリカなどの介入を嫌って、外債の約百億ドルを十年間で完済してしまう。足らないから借りたものを、もう借りないどころか、逆に返すのだから、無理が生じるのに決まっている。エネルギー節約で大学の教室に暖房はなく、首都の目抜き通りも街灯は全て消えた。こうした市民生活の窮乏が、「ベルリンの壁」崩壊に続いた反チャウシェスク運動暴発の一つの原因だった。一九八九年のルーマニアの「民主革命」は一挙に大統領夫妻の銃殺まで進み、東欧諸国に例のない過激さで世界を驚かせた。パリのアルマ橋からブカレストを幻視していたパウル・ゴマは、まさにその前夜に『ジュスタ』を書き上げた。

訳者あとがき

パウル・ゴマは例外的なルーマニア人である。

一九八九年革命の直前のころ私が時々受講したブカレスト大学の夏期講座で、言語学研究所所長イオン・コテアヌ先生が外人受講者たちに言った時の微妙な表情をありありと覚えている。「ルーマニア人というのは状況の理解にすぐれた民族です。」（砕いて言えば「空気の読み方にたけた、物分かりのいい人たち」ということだ。）続けて、「ルーマニアからは殉教聖人が出ていないのです」と説明した。中世にハンガリー王国とオスマン・トルコ帝国の狭間で国家形成を始め、近世ではさらにロシアが加わり、オスマンとオーストリア＝ハンガリーの三大帝国の利害角逐に利用され翻弄され続けた歴史の中で身についたものか。時のプロシャの鉄血宰相ビスマルクが「ルーマニアという国などない、あるのはルーマニアという商売だ」と言ったとか。時は移り第二次世界大戦後、ロシア＝ソ連の一国支配のもとの東欧圏で、ポーランド、ハンガリー、チェコスロバキアと反抗が噴出しては弾圧され、大きな犠牲者を出して来た中で、そういうことが起こりそうもない（とそのころは、私を含めて、大方の観測者が思っていた）一九八〇年代ルーマニアの雰囲気を的確に分析しているイオン・コテアヌはただの言語学者ではないと感じ入ったことだった。

戦後のルーマニア王国を支配下に置いたソ連は一九四七年末に二十六歳のミハイ国王を退位させて人民共和国を発足させた。ミハイはスイスに亡命するがソ連支配下の体制変革を認めず、ルーマニア国王を名乗り続ける。一九八九年の革命で社会主義政権が倒れたとき、王政復古を唱える人々もいた。ソ連占領下の共和国宣言は第一ボタンの掛け違いだから、一旦元に戻してやり直そう、それから共和国になるならなればいい、と言うわけだった。権力を把握したＦＳＮ（国民救援戦線）――指導部は旧体制メンバーが構成――のイリエスクはミハイの帰国を拒否するが、ミハイは二〇一六年に癌を理由に九十五歳で政治活動からの引退を表明するまでルーマニア国王を名乗り続けた。

詩人・劇作家プーシ・ディヌレスクは、「全体主義体制下のルーマニアに本当の（決して妥協しなかったという意味であろう）異論派は二人しかいなかった。ミハイ国王とパウル・ゴマだ」と私に語ったことがある。

ゴマの足取りをたどると、イオン・コテアヌの言うルーマニア的な物分かりのよさに対して、これほど逆の極に居続ける物分かりの悪いやつはちょっといないだろうなあ、と嘆声を禁じ得ない。以下では、松籟社『東欧の想像力』に寄せたパウル・ゴマ紹介文に加筆しながら、この作家の反骨の――物分かりの悪さを貫き続ける――生涯を振り返ってみよう。

＊

パウル・ゴマは一九三五年にベッサラビア（現モルドバ共和国）の寒村マナで小学校教師の次男として生まれた。ゴマの父は自分の腕で茅葺きの校舎を建て、その一翼を一家の住居とした。母親も教師だった。パウルは生まれ育ったこの地への郷愁と愛――彼はそれを生涯抱き続けた――の回想を自伝小説『カリドールから』（一九九〇）に感動的に、幻想的に描いている。第二次大戦中、ゴマ一家はソビエト連邦に併合されたベッサラビアを出てルーマニア王国〔当時〕のトランシルバニアに移住（亡命）する。しかしそのルーマニア王国も一九四五年にソ連に降服、占領下の一九四七年末、ルーマニア人民共和国となった。

一九五二年、高校一年のパウルはソ連に批判的な級友を応援して一週間投獄され、学校教育界から追放処分になる。父の助けでなんとかファガラシュの高校への潜り込みに成功、一九五四年にブカレスト大学文学部と、ミハイ・エミネスク文学・文芸批評学校（研究所と改称されたが通称「文学学校」はそのまま使われた）に合格し、文学学校を選んだ。翌一九五五年を最後に学校は閉鎖、パウルを含む有資格者はブカレスト大学文学部に転入する。在学中からソ連追従の歴史学・言語学の教授たちと対立、いわゆる「ゴマ問題」が始まっていた。

フルシチョフによるスターリン批判の衝撃から八ヶ月後の一九五六年十月、隣国ハンガリーでは市民が蜂起し、ソ連軍が戦車隊によってこれを鎮圧。このハンガリー動乱は、数千人に及ぶ犠牲者を出し、数十万人が国外亡命する惨事となったが、これに呼応するような動きはルーマニアではほとんど起こらなかった。しかしパウル・ゴマは動乱時の抗議行動を描いた小説の断片を学部の創作ゼミナールで発表、学生を扇動したかどで逮捕され、ジラヴァとゲルラの監獄に二年間矯正服役、三年間自宅軟禁の後、さまざまな肉体労働に従事した。

一九六六年、「ルチャーファル」誌短編賞を受賞、以後活発に作品を雑誌に発表するようになる。一九六八年の「プラハの春」事件の時、チャウシェスク政権はワルシャワ機構軍に同調せず、出兵を拒否した。ゴマはこれを評価してルーマニア共産党に加入したが、間もなく体制側と対立することになる。獄中体験記『オスティナート』は検閲で公刊を拒否されたが、一九七一年にドイツ語版（ズーアカンプ社）、フランス語版（ガリマール社）が発表されると好評を博す。著者は西側のメディアで「ルーマニアのソルジェニーツィン」と持てはやされ、その代わり本国では党からも作家同盟からも除名されてしまう。なお、アメリカ合衆国議会の出資により設立された「ラジオ自由ヨーロッパ」から、『オスティナート』ルーマニア語版が放送されている。（「オスティナート」は同一音型の繰り返しを指す音楽用語だが、普通のイタリア語で「頑固者」を意味する）

一九七七年、チェコスロバキアの人権抑圧体制を告発する「憲章七七」に賛同する運動によってゴマは、共産党からはもちろん、作家同盟からも除名される。マリン・プレダのような良心的大家（その不審死にもセクリターテの関与が疑われた）ばかりでなく、後に一九八九年の民主革命ではテレビ局占拠を主導するミルチャ・ディネスクのような若い民主派詩人も含めて、国内のほとんどの作家・知識人からも孤立した。ほぼ唯一の例外は本作にも登場する詩人マジレスクかもしれない。ゴマは社会主義への裏切り者としてセクリターテによって拷問の挙げ句、投獄される。

ゴマは「自分の経験上、セクリターテが何をするか知っていたから」(『虹の色』)、次に掲げる「遺言書」を書いて、パリのドミトル・ツェペニャグに送っておいた。ゴマ逮捕の三週間後の一九七七年四月二十一日、「ラジオ自由ヨーロッパ」で公表された。

パウル・ゴマ「遺言書」

ブカレスト居住の署名人、作家パウル・ゴマは次の通り遺言する。

一. 私はルーマニアの現体制転覆を目的とする陰謀に加担したことはなく、加担するつもりもない。
二. 私は祖国に対する裏切りと見なされ得るような行為を行ったことはなく、行う考えもない。
三. 私は国民的かつ精神的存在としてのルーマニアに背反する行為を行ったことはなく、行う考えもない。
四. それでも、もし私が自由を奪われ、逮捕され、処罰されることがあるならば、それに関わるいかなる機関も、いかなる人物も、以下のことを承知して欲しい。

a) 私はあらゆる手段を用いて逮捕——今日ただ今からそれを非合法と見なす——に反抗するであ

ろう。

b）私はいかなる機関、いかなる人物に対しても、訊問を拒否するであろう。

c）逮捕される場合は、いかなる形の拘束であろうとも、私は直ちに（そうして可能な場合は書面で）ハンガーストライキと黙秘を宣言するであろう。

d）裁判を受ける場合には、予備審問の合法性と法廷構成の適格性を否認するであろう。

五．もしも私の逮捕——いかなる形であれ、また仮に釈放されても——の後で、弾圧機関もしくは個人が、発言や文書で、私が訊問に応じたとか、罪を認めたなどと主張するならば、その「証言」は虚偽であり、私はあらかじめ無価値無効と見なすと知れ。

六．弾圧機関もしくは個人が告発を補強する「証拠」（磁気テープ、写真、フィルム、私の署名あるいは「自筆」の言明）を製作する場合は、それが偽造であり、私はあらかじめ無価値無効と言明すると知れ。

七．もし私が拘禁中に（つまり自由を奪われた瞬間以後に）死ぬか、あるいは「事故」——致命的か否かにかかわらず、私または私の家族のだれかが——に遭うならば、それを起こしたのは弾圧機関のメンバーと知れ。

八．もし私が一般権利の侵害（浮浪、寄生、外貨売買、窃盗、猥褻等々）で告発されるなら、それは嘘であって、私はあらかじめ無価値無効と宣言すると知れ。

九．私が今日一九七六年三月二十一日までの文学上、政治上、倫理上の立場を変えたと証明される場合は、それは嘘と知れ。

十．この遺言は私の証人――その署名は私の署名と併記されている――によって、私の逮捕の四十八時間後に公表される。

パウル・ゴマ

証人　ドミトル・ツェペニャグ

ブカレスト、一九七六年三月二十一日

だがすでに作家ゴマは西側で知名度が高かった。アムネスティ・インターナショナルも乗り出した。当局は反響の大きさに迫害を断念し、国外追放処分にとどめた。ゴマは妻アナと幼いフィリップを伴ってパリへ亡命する。それでも亡命先のフランスから声を上げ続けるゴマの抹殺をチャウシェスクは企て、工作員による殴打や、毒殺の試みが繰り返されたと、独裁者の腹心でアメリカに亡命した元対外情報部長イオン・パチェパが一九八七年の *Red Horizons*（邦訳『赤い王朝』、恒文社）に書いている。

ゴマの徹底した非妥協性はチャウシェスク独裁体制崩壊後も続いた。いわゆる民主派に対しても、体制追従の経歴を許さない。研究書『赤い一週間』（一九〇三）ではベッサラビアでソ連軍侵攻の先兵となったユダヤ人によるルーマニア人に対する暴虐・人権無視を告発したことから反ユダヤ主義者と非難され、モニカ・ロヴィネスク、ガブリエル・リイチャーヌら、国内外のかつての支援者たちと袂を別かつことも意に介さなかった。それはアルメニア人などユダヤ人以外の少数民族の大量虐殺から目を背ける西欧の二重基準に対する告発の一環であった。だが反ユダヤ主義者という攻撃が中傷に過ぎないことは、八十歳まで連れ添った愛妻アナがユダヤ人であることからも理解できよう。

ゴマの作家人生は郷里ベッサラビアへの切ない愛と正義の希求、そうして反骨・反権威で貫かれている。それは祖国愛で裏打ちされている。さきに紹介した詩人プーシの評にあるように、ルーマニアにおける異論派の代表格と見なされることが多いが、自身はその規定を好まない。訳者が本作品の翻訳の許可を求める手紙にその表現を使ったら、「自分は異論派ではない、作家です」と応じられた。孤立を恐れぬ闘いは作家なればこそ、ということであろう。

*

ここに訳出した『ジュスタ』の語り手「ぼく」は、ほぼ著者と重なる。ジュスタ以外の登場人物・事件に関しては実名・事実そのままで、ほとんどノンフィクションあるいは作家の自伝と言ってもよいくらいである。著者が籍を置いた文学学校やブカレスト大学文学部、後には出版界が本作での回想の主な舞台となる。密告者もまざる青春群像の葛藤と無学な当局者の戯画。冒頭でジュスタが語り手に話せと執拗に求めるのは、ハンガリー動乱への呼応計画だが、「ぼく」はジュスタを巻き添えにしたくない。そのとき作者ゴマは自作の小説を大学の創作ゼミナールで発表し、扇動罪で逮捕され、下獄するのだった。

しかし『ジュスタ』で焦点が当てられて、語り手の身に起こる事件以上に衝撃的なのは、純真な正義派スターリニストだった女子学生ジュスタが正義派なるが故に陥る拷問地獄だ。語り手は、亡命先のパリのアルマ橋から三十年前、二十年前、十年前のブカレストとジュスタをめぐる物語を幻視する。彼女が置かれる目を覆いたくなるような屈辱的場面の話を伝えて語り手をたじろがせるディアナの「女の立場」は、二十一世紀のジェンダー論議にもひそむ盲点を厳しく衝く。これを一九八五年に書いていたパウル・ゴマは、ただの異論派ではなく、まさしく作家であった。

作家としてのゴマはいつも表現に凝る。西側に「ルーマニアのソルジェニーツィン」と呼ばせることになった『オスティナート』や『ゲルラ』は獄中体験記で、翻訳困難な難解な獄内用語で綴られる。『ジュスタ』はそれに比べれば明快だが、説明的な語句の類を極力省いたその文体を忠実に写そうとすると、わかりにくい。この訳書がいくらかでも読みやすくなったとすれば、松籟社の木村浩之さんが細かくチェックしてくれたおかげである。

一九八〇年、フランスのミッテラン大統領は二人の亡命作家ミラン・クンデラとパウル・ゴマにフランス国籍を提案した。クンデラは受け取ったが、ゴマは辞退した。二〇一三年にはモルドバ共和国の国籍を取得した。ルーマニア国籍はセクリターテが抹消を試み、ゴマ自身もそうなったと思っていたようだが、実は抹消されておらず、二〇一六年になって、更新された夫妻のパスポートが届けられている。アナがその翌年になくなり、使われることはなかったが。

ここまで書いたとき、ゴマの訃報を聞いた。八十四歳の不屈の生涯を亡命先のパリで閉じた。新型コロナ禍であった。

（二〇二〇年三月、前橋にて）

【訳者紹介】

住谷　春也（すみや・はるや）

1931 年群馬県生まれ。東京大学文学部卒業。出版社勤務を経て、ルーマニアに留学し、ブカレスト大学文学部博士課程修了。以後、ルーマニア文学の研究・翻訳に専念。リビウ・レブリャーヌ『大地への祈り』（1985 年日本翻訳者協会特別翻訳功労賞）、同『処刑の森』、ザハリア・スタンク『ジプシーの幌馬車』（いずれも恒文社）、ミルチャ・エリアーデ『令嬢クリスティナ』『妖精たちの夜』『マイトレイ』『エリアーデ幻想小説全集・全 3 巻』（いずれも作品社）、ミルチャ・カルタレスク『ぼくらが女性を愛する理由』（松籟社）、ギョルゲ・ササルマン『方形の円』（東京創元社）など訳書多数。

2004 年、ルーマニア文化功労コマンドール勲章受章。2007 年、ナサウド市名誉市民。

〈東欧の想像力〉18

ジュスタ

2020 年 10 月 9 日　初版発行　　　定価はカバーに表示しています

著　者　　パウル・ゴマ
訳　者　　住谷　春也
発行者　　相坂　　一

発行所　　松籟社（しょうらいしゃ）
〒 612-0801　京都市伏見区深草正覚町 1-34
電話　075-531-2878　　振替　01040-3-13030
url　http://www.shoraisha.com/

印刷・製本　　亜細亜印刷株式会社
装丁　　仁木　順平

Printed in Japan

Ⓒ 2020　ISBN 978-4-87984-393-7　C0397

東欧の想像力 2

ボフミル・フラバル『あまりにも騒がしい孤独』（石川達夫 訳）

故紙処理係ハニチャは、故紙の中から時折見つかる美しい本を救い出し、そこに書かれた美しい文章を読むことを生きがいとしていたが……閉塞感に満ちた生活の中に一瞬の奇跡を見出そうとする主人公の姿を、メランコリックに、かつ滑稽に描き出す。

[46 判・ハードカバー・160 頁・1600 円＋税]

東欧の想像力 6

ヨゼフ・シュクヴォレツキー『二つの伝説』（石川達夫＋平野清美 訳）

ヒトラーにもスターリンにも憎まれ、迫害された音楽・ジャズ。全体主義による圧政下のチェコを舞台に、ジャズとともに一瞬の生のきらめきを見せ、はかなく消えていった人々の姿を描く、シュクヴォレツキーの代表的中編2編。

[46判・ハードカバー・224頁・1700円＋税]

東欧の想像力 4

ミロラド・パヴィッチ『帝都最後の恋』（三谷惠子 訳）

ナポレオン戦争を背景にした三つのセルビア人家族の恋の物語、三たび死ぬと予言された男をめぐるゴシック小説、あるいは宇宙をさまよう主人公の、自分探しの物語……それらが絡み合った不思議なおとぎ話が、タロットの一枚一枚のカードに託して展開される。

[46判・ハードカバー・208頁・1900円＋税]

東欧の想像力 3

エステルハージ・ペーテル『ハーン＝ハーン伯爵夫人のまなざし』（早稲田みか 訳）

現代ハンガリーを代表する作家エステルハージが、膨大な引用を交えながら展開する、ドナウ川流域旅行記・ミステリー・恋愛・小説論・歴史・レストランガイド……のハイブリッド小説。

[46判・ハードカバー・328頁・2200円＋税]

東欧の想像力 9

ラジスラフ・フクス『火葬人』(阿部賢一 訳)

ナチスドイツの影が迫る1930年代末のプラハ。葬儀場に勤める火葬人コップフルキングルは、妻と娘、息子にかこまれ、平穏な生活を送っているが……

[46判・ハードカバー・224頁・1700円+税]

東欧の想像力 8

サムコ・ターレ『墓地の書』(木村英明 訳)

いかがわしい占い師に「おまえは『墓地の書』を書き上げる」と告げられ、「雨がふったから作家になった」という語り手が、社会主義体制解体前後のスロヴァキア社会とそこに暮らす人々の姿を『墓地の書』という小説に描く。

[46判・ハードカバー・224頁・1700円+税]

東欧の想像力 7

イェジー・コシンスキ『ペインティッド・バード』(西成彦 訳)

第二次大戦下、親元から疎開させられた6歳の男の子が、東欧の僻地をさまよう。ユダヤ人あるいはジプシーと見なされた少年に、強烈な迫害、暴力が次々に襲いかかる。戦争下のグロテスクな現実を子どもの視点から描き出す問題作。

[46判・ハードカバー・312頁・1900円+税]

東欧の想像力 12

ゾフィア・ナウコフスカ『メダリオン』（加藤有子 訳）

ポーランドにおけるナチス犯罪調査委員会に参加した著者が、その時の経験、および戦時下での自らの体験を踏まえて著した短編集。第二次大戦中のポーランドにおける、平凡な市民たちの肖像をとらえた証言文学。

[46判・ハードカバー・120頁・1600円＋税]

東欧の想像力 11

ミルチャ・カルタレスク『ぼくらが女性を愛する理由』（住谷春也 訳）

現代ルーマニア文学を代表する作家ミルチャ・カルタレスクが、数々の短篇・掌篇・断章で展開する〈女性〉賛歌。

[46判・ハードカバー・184頁・1800円＋税]

東欧の想像力 10

メシャ・セリモヴィッチ『修道師と死』（三谷惠子 訳）

信仰の道を静かに歩む修道師のもとに届けられた、ある不可解な事件の報。それを契機に彼の世界は次第に、しかし決定的な変容を遂げる……

[46判・ハードカバー・458頁・2800円＋税]

東欧の想像力 15

デボラ・フォーゲル『アカシアは花咲く』（加藤有子 訳）

今世紀に入って再発見され、世界のモダニズム地図を書き換える存在として注目を集めるデボラ・フォーゲル。その短編集『アカシアは花咲く』と、イディッシュ語で発表された短編 3 作を併載。

[46 判・ハードカバー・220 頁・2000 円＋税]

東欧の想像力 14

イヴォ・アンドリッチ『宰相の象の物語』（栗原成郎 訳）

旧ユーゴスラヴィアを代表する作家アンドリッチの作品集。複数の言語・民族・宗教が混在・共存していたボスニアを舞台に紡がれた 4 作品「宰相の象の物語」、「シナンの僧院に死す」、「絨毯」、「アニカの時代」を収録。

[46 判・ハードカバー・256 頁・2200 円＋税]

東欧の想像力 13

ナーダシュ・ペーテル『ある一族の物語の終わり』（早稲田みか＋簗瀬さやか 訳）

祖父から孫へ、そしてその孫へと、語り継がれた一族の／家族の物語。その「終わり」に立ちあったのは、幼いひとりの男の子だった―現代ハンガリー文学を牽引するナーダシュの代表的中編。

[46 判・ハードカバー・240 頁・2000 円＋税]